コンサバター
大英博物館の天才修復士

一 色 さ ゆ り

幻冬舎文庫

コンサバター
CONSERVATOR
大英博物館の天才修復士

contents

コレクション1

パルテノン・マーブル

CONSERVATOR

ロンドン、大英博物館地上階（グランド・フロア）にある「パルテノン・ギャラリー」は、時間のない来館者が真っ先に訪れる場所のひとつだ。その人気は古代エジプトのミイラやロゼッタストーン、モアイ像に匹敵する。

壁面や台座に整列するのは、数百年前にアテネのパルテノン神殿から運ばれてきた、大理石の彫刻群――パルテノン・マーブルである。躍動的かつ純白なそれらは、頭部を含めた大部分を打ち砕かれてもなお、真善美を兼ね備えている。

そのひとつの前で、来館者の男性一人が、自撮り棒（セルフィー・スティック）を片手に撮影を楽しんでいた。

女性監視員が近づいて声をかける。

「自撮り棒は禁止なんです」

その来館者は三十代半ばだろうか。国籍は分からないが、青味がかった瞳に、黒い巻き毛で彫りの深い顔立ちだ。L♡NDONというロゴの入ったTシャツを着て、風邪気味なのか、鼻をぐずぐずさせている。

「すみません」

彼は自撮り棒をすぐに折り畳み、鞄に仕舞った。

「いえ、いいんですよ」

監視員は会釈して、監視員用の椅子の方に引き返す。パルテノン・ギャラリーはとくに混雑する展示室だ。時間帯によっては殺気立つので、なるべく柔らかい物腰で対応するようにと指導されていた。

彼女自身も来館者に厳しく注意をするのは嫌いだった。そもそも監視員のアルバイトをはじめて五年になるが、たいした問題が起きたことはない。

聞くところによると、この展示室にあるパルテノン・マーブルは、壁にしっかりと固定され、いまだかつて外に運び出されたことはないという。つまり盗難に遭ったり、作品が倒れたりする心配はゼロなのだ。

だったら、さっきの男性のようになにも知らずに自撮り棒を使用する観光客を、そこまで警戒しなくてもいいだろう。

彼女は椅子に腰を下ろし、腕時計を確認する。

そろそろ交代かな。

百余りある展示室の三分の一が存在する地上階では、監視員たちは集中力を保つために各部屋をローテーションする。時間通り、となりの展示室から交代の監視員が声をかけてきたときだった。

束の間、彼女たちが作品から注意を逸らし、業務連絡をしている最中、いきなり大きな音がした。金属が倒れる音にも、なにかがバシャンと割れる音にも聞こえた。入り乱れていた複数の言語がしんと静まり返る。

その場にいた全員が、いっせいに音の方を見た。

パルテノン・ギャラリーは、大文字のIのような形をした長い廊下である。壁には、馬や兵隊の彫られた浮彫の石板がずらりと掛けられ、さらに廊下の両端のスペースには、人や動物を模した丸彫りの彫刻が展示されている。

監視員用の椅子は廊下の片隅にあり、そこから両端の空間には死角がある。音がしたのは、その死角からだった。

監視員は慌てて駆け寄る。

するとそこには、館内スタッフが「結界」と呼ぶ、作品と観客を仕切る金属製のポールが倒れていた。さらにその前では、さきほど声をかけた男性が自撮り棒を手に持ち、顔面蒼白で立ち尽くしている。

彼の足元に落ちている白い塊を見て、監視員は背筋が凍った。壁に掛けられていたはずの縦横一メートル以上、厚さ十センチもの浮彫の石板が、彼の胸の高さから落下していたからだ。イギリスのみならず全世界の宝が、粉々に散っていた。

　まさか！

　石板は壁から外すことができないのでは？　観光客がちょっとやそっとぶつかったところで、外れてしまうなんてあり得るのか？　パルテノン・マーブルが落下するなんて、万が一にもないはずだ。

　彼女は自分の目が信じられなかった。

　誰かが漏らした悲鳴をきっかけに、シャッター音がつぎつぎと鳴り響く。

　自撮り棒の男性は身じろぎもしない。駆けつけた警備員が、無線で状況を知らせる様子を眺めている。ところがその直後、自撮り棒の男性が口元にふと笑みを浮かべたのを、監視員は見逃さなかった。

　その不可解な笑みは、自分が引き起こした大失態を受け入れられず、咄嗟に浮かべた混乱の笑みというよりも、慌てふためくスタッフたちに対する嘲笑に感じられた。しかしまもなく彼は警備員に取り囲まれ、外に連れ出されてしまったので、真相は分からず終いだった。

1

アメリカ合衆国よりも長い歴史を持つ大英博物館は、高級ブランドや百貨店の立ち並ぶピカデリー・エリアの北東に位置する。その敷地は、深緑色の鉄柵に囲まれており、手荷物チェックの列が並ぶ正面玄関をくぐれば、記念撮影をする人々で混み合う石畳と芝生の広場に出る。

その奥にそびえ立つのは、迫力ある巨大な円柱回廊のファサードだ。ギリシャ建築の様式にのっとった柱の上部で、破風(はふ)彫刻《文明の発展》が来館者たちを出迎える。

列柱のあいだを縫って館内に入ると、グレートコートと呼ばれる吹き抜け空間に出る。大英博物館のもっとも有名な空間のひとつであり、半透明のガラスになったその天井は、幾何学的な線で覆われている。

グレートコートの東側に位置する受付付近に、首からPRESSという通行証を下げた一人の日本人女性が立っていた。

その裏手にある大理石の階段から、別の日本人女性が息を切らして走ってきた。

「お待たせして大変申し訳ありません、糸川晴香(いとかわはるか)と申します」

晴香はそう声をかけ、頭を下げた。

お互いに名刺を交換したあと、記者は言う。

「こちらこそお忙しいところ、取材の時間をいただいて、ありがとうございます。本日はどうぞよろしくお願いいたします……えっと、スギモトさんは？」

一瞬、晴香の笑顔が引き攣る。

しかし決して、上司のことを悪く言うわけにはいかない。

「せっかくここまで来ていただいたのに、本当に申し訳ないんですが、じつは『どうしても抜けられない急な用事』が直前に入ったようで、代わりに私が対応させていただくことになりました。それでもよろしいでしょうか？」

そう言って、晴香はまた頭を下げる。

だが内心、自分が取材を受けたわけでも、ましてや、それをすっぽかしたわけでもないのに、どうしてこんなに謝らなくちゃいけないのだとも思う。そもそもスギモトから急に取材対応を押しつけられ、状況もよく分かっていない。

女性記者は恐縮しながらも、残念そうに答える。

「スギモトさんがお忙しいなら、仕方ないですね。大英博物館に日本人とイギリス人の両方の血を引いた天才的な修復士(コンサバター)がいらっしゃるっていう評判を聞いて、お目にかかるのを楽しみにしていたんですが……」

だったら、スギモト本人がいないと意味がないではないか、と晴香はさらに申し訳なくなる。すると記者は、晴香が渡した名刺を見ながら「糸川さんはアシスタント・コンサバターでいらっしゃるんですね？」と言う。

「はい。この博物館の修復（コンサベーション）部門で、紙の専門家をしています。常勤職員としては去年の九月からですが、それまで三年ほどアルバイトをしていたので、館のことや修復士の仕事については、ある程度お答えできると思います。よかったら、修復部門のラボをご案内しあげますが」

「いいんですか」と記者は声を弾ませた。

晴香は胸を撫でおろす。

こういった来客を受けるたび、バックヤードに案内すると言うと、みんな例外なくわくわくした表情になる。晴香自身もはじめてなかに入ったとき、心が躍った。この博物館にはそうさせるムードがあるのだ。

それは世界最大、最古の博物館であると同時に、もっとも秘密の多い博物館でもあるからだろう。来館者が自由に出入りできるのは、伝統的な内装の一階から三階までで、その上階や地下には「関係者のみ」のバックヤードが存在する。

職員たちはそこで日夜さまざまな業務に従事しているが、その中核ともいえるセクションのひとつが、コンサベーション部門のラボだ。百人ほどの修復士たちによって、八百万点を超えるコレクションが順番にケアされている。

「大英博物館でアルバイトをなさる前は、日本にいらっしゃったんですか」と記者はグレートコートを歩きながら訊ねた。

「いえ、ずっと海外です」

「留学なさってたんですか」

「そうですね、ロンドンで修復の修士号をとったあと、ボストンの修復工房で二年、またロンドンに戻って市内の別の工房でも二年、見習いとして働いていました。その合間に、ベトナムや中国などで短期の修復プロジェクトに参加していたので、ある程度の修業を経てからここに就職したことになります」

晴香が言うと、記者は目を丸くした。

晴香は化粧っ気があまりなく、二十九歳という実年齢よりも若く見られることが多い。服装にもほとんどお金はかけず、H&Mのトレーナーとジーンズというのがデフォルトで、この国ではユニクロでさえも彼女にとっては高級品だ。だから経歴を話すとよく驚かれるが、今まで修復一筋でこつこつとキャリアを重ねてきた。

「国家資格とかは、必要なんでしょうか」

「イギリスやアメリカでは実力と経験さえあれば、美術館の修復士として採用されますが、イタリアやスペインでは長い教育期間と国家資格が求められると聞きます。日本ではそもそも修復士のいる美術館は少数で、独立した工房に勤めるとしても、十年は研鑽を積まないと一人前になれないって言われる厳しい世界みたいですね。では、こちらです」

受付の裏手にある大理石の重厚な階段をのぼり、踊り場にある古い木製の扉にセキュリティカードをかざした。リノリウムの廊下に出る。清掃や館内メンテナンスの告知が貼られた掲示板を横目に、さらに別の階段へとつづく。

階段を上がった先の扉を開けると、古今東西のメダルがガラスケースに陳列された空間に出た。

「あれ、また展示室に来ました?」

「そうなんです。二百五十年前に創設されて以来、展示室やオフィスの増設をくり返したせいで、迷路みたいにややこしい構造になってしまったそうです。だから自分の持ち場のラボに行くだけでも、こうやってバックヤードと展示室を交互に通り抜けなくちゃいけなくて」

「それは大変ですね」

「でも毎日いい運動になりますよ。ジム要らずです」

晴香が明るく言うと、記者は笑った。

「これだけややこしい構造だと、迷ったりしませんか」

「おっしゃる通り、迷いますね」と晴香は肩をすくめる。「スタッフ証を最初に受け取ったときは、持ち場からトイレと社食(カンティーン)に行く道筋をまず憶(おぼ)えるように、と先輩から助言されました。恥ずかしながら私は方向音痴なので、今でも慣れないんですが、何十年と働いているスタッフでも、どこにどの課のオフィスがあるのか、全体像を把握してる人は少ないみたいですよ」

やがて二人は、ガラス張りになった廊下に辿り着いた。その奥にある真新しい扉を開けると、大きく窓のとられた日当たりのいい、無機質で静かな空間が広がっていた。清潔で整然としたそれぞれのスペースで、修復士たちが3D眼鏡にも似たヘッドルーペをつけたり、イヤホンをしたりして、対象に集中している。

「ここが、紙専門のラボラトリーです」

晴香は声のボリュームを落とし、記者になかに入るように促す。

「大英博物館では基本的に、すべての作業が細分化、専門化されています。修復部門で言えば紙の修復をするのは紙の専門家で、他にも、木やミイラといったオーガニックなもの、石、陶磁器、ガラス、金属……いろいろな専門家がいます。それとは独立して、科学調査部というセクションもあって。他にも、レプリカだけをつくるレプリカ製作者や額装の専門家もいます。そのうち、ここでは紙や有機物を専門に扱うコンサバターが仕事をしているんです」

「なんていうか、全然古くないですね」

記者は息をひそめて、意外そうに辺りを見回す。

晴香は自らの作業机を見た。昨日まで修復を行なっていた羊皮紙の中世写本美術は、コレクション部門のスタッフに引き渡したばかりだ。魅力的な作品のない作業机は、水を張っただけで魚が泳いでいない水槽のように味気がない。

「そうだ、お見せしたいものがあります」

晴香は閃き、となりの作業スペースを見学させてもらう。

「彼女はパピルスの専門家で、今《死者の書》と呼ばれる、大英博物館でも人気のコレクションを修復しています」

作業をしていた金髪の修復士が、顔を上げてにこやかに挨拶する。

「古代エジプトでつくられた《死者の書》は、葬礼の呪文と挿絵が描かれた副葬品です。死者が迷うことなく安全に審判を受け、楽園に向かうための手引書として埋葬されました。大英博物館では、二百点以上の《死者の書》を所蔵しています。そのうち最長のものは三十七メートルにも及びますが、ほとんどの《死者の書》は五十センチに満たない断片です。それで彼女は今、その断片をつなぎ合わせる作業をしていて――」

　晴香は修復士に許可をとり、近くに寄って一部分を指し、「ここを見てください」と記者に言った。

「白い帯が見えますよね？　これ、和紙なんです。切れた部分をつなぎとめる補強材として使われています」

「へー、修復の世界って案外、日本のものが活躍しているんですね」

　記者は目を輝かせながらメモをとる。

　修復の現場では、和紙や麩糊（ふのり）といった日本の素材に関する知識が、たびたび役に立ってきた。じつは晴香の実家は、かつて和紙の製造所だった。事情があって廃業したが、幼い頃から両親の仕事を遊び感覚で手伝ってきた晴香は、環境と材料さえ揃えば、自ら和紙をつくることもできる。

　和紙は日本美術に限らず、さまざまな文化遺産の修復に役立っている。その理由に、まず薄いことが挙げられる。しかも典具帖紙（てんぐちょうし）など、どんなに薄いものでも、伸縮性があって破けにくく長持ちする。また中性からごく弱いアルカリ性なので、繊細なオブジェクトを侵すこともない。

「そういう修復って、ひとつにつき、どのくらいの時間がかかるんですか」

「そうですね……」

ラボの見学者から一番多い質問だが、晴香は考え込む。修復は、しようと思えば際限なく手間暇がかけられるので、基本的に終わりはない。完璧にもとの状態に戻すことも、経年劣化を止めることも不可能だ。だから修復士の仕事は、はじめに期限を定めてから、そのなかでできることを考える。

「作品によりますが、私が昨日まで進めていた羊皮紙本の修復だと、一週間か、長いときは一ヶ月くらいでしょうか。ただし、それで完了するというわけではないんです。修復されたあと、収蔵庫や展示室に移されてからは、保存（プリザベーション）の専門家の出番です。彼らは各素材に適した温湿度や照度の測定管理をはじめ、空気中の窒素酸化物の確認調整などを行なう、いわば環境を相手にしたコンサバターですね」

へぇ、と記者はふたたびメモをとる。

「修復の世界って、知られていないことが多いんですね」

「なので、記事で紹介していただけると、私たちも嬉しいです」と言って、晴香は頭を下げた。

ラボを案内し終えたあと、二人は地上階に戻った。これから別の取材があるという記者を見送るために、晴香はグレートコートまで出て行く。すると受付スタッフの女の子と談笑している、一人の男性のうしろ姿が目に入る。背はさほど高くなく、服装も地味なのに、晴香はすぐに彼の存在に気がついた。

「スギモトさん？」

晴香が声をかけると、彼はふり返った。

日本的な面影を残しつつ、鼻梁の通った顔立ちで、茶色がかった瞳は好奇心旺盛そうな印象を与える。

「ようこそ、この高雅なる宝物庫へ」

スギモトは女性記者に爽やかな笑顔を向けたあと、完璧な日本語で言った。

「お会いできてよかったです。さっき糸川さんから、ご多忙だとお伺いしたので」

「今ブックメーカーに行ってきたんですよ」

「ブックメーカーってたしか――」

「いわゆるノミ屋ですね。選挙を前に、今どの党の誰が議席に残るのかっていう賭けが盛り上がっていて」

「勤務中に賭博を？」

記者が眉をひそめると、スギモトは心外そうに答える。

「さては、保険の起源をご存知ありませんね？　保険は大海原へと旅立つ船が帰還するか、沈没するかを賭けた、英国人による発案という説があります。したがって、賭けは伝統ある立派な文化で、英国紳士の嗜みってやつです」

たしかにイギリスでは、日本におけるコンビニと同じくらいの数のブックメーカーが街中に溢れ、ギャンブル依存症は社会問題のひとつだ。スポーツ全般のみならず王室に誕生する新生児の名前、クリスマスに雪が降るかといったことまで賭けの材料にされる。

記者は咳払いをして、話をつぎに進める。

「あの、いくつか質問を準備してきたんです」

「どうぞなんでも訊いてください、美人からの質問は大歓迎ですよ」

え、と一拍置いてから記者はつづける。

「『天才修復士』という評判を、ご自身ではどうお考えですか」

「ああ、その通りですよ」

当たり前のようにスギモトは肯いた。

しかしスギモトの実力なら、そんな不遜さも許されるのかもしれない。

粒ぞろいの大英博物館のコンサベーション部門では、専門以外の作品を任されることはまずないが、一人だけあらゆる作品を扱っている例外的存在がいる。それが部門のトップに立つ男、ケント・スギモトだ。

三十七歳という若さにもかかわらず、有機物、無機物、科学調査、すべての知識に精通する自他ともに認める「天才」なのだ。

彼は単に作品を修復する技術に長けているだけでなく、修復に必要な道具や装置を自らの手で開発できるという芸当の持ち主でもある。科学技術を美術分野に応用し、つぎつぎと文化財保存のための新しい機械を開発していった彼は、十年ほど前から、修復の世界を一変させたと言われるほどだ。

いつもラボ内での作業に勤しむ下っ端の晴香とは、仕事上の接点はほぼないが、ランチやパーティではたびたび彼のことが話題にのぼった。根も葉もなさそうな噂や、プライベートに関しては悪評に近いものもあった。

しかし晴香が学生のときに見た、彼が手掛けたレオナルド・ダ・ヴィンチの素描は、まったくの別物に生まれ変わらせるような直しすぎとも、どこを直したのか分からないと言われるような慎重すぎとも違った。

――スギモトの修復は魔法みたいだよ。

いつだったか、コンサベーション部門の先輩がそう絶賛していた。修復とは地道な作業のくり返しなので「魔法」という言葉はふさわしくないはずなのに、そこまでプロに言わしめるなんて只者ではない。勤務態度がどうであれ。

女性記者はふたたび咳払いをして、スギモトに訊ねる。

「立ち入った質問になりますが、大英博物館のパルテノン・マーブルやロゼッタストーンを筆頭に、権威あるミュージアムでは、現在コレクションの返還問題において倫理観が問われていますね。そのことについてどうお考えですか」

「日本の記者でも、まともな質問ができるんですね。私の答えは単純明快ですよ。たしかに他国から集めたものだとしても、数百年にわたって大金を投じて保存してきたのは、他ならぬ大英帝国の功績だ。大英帝国のおかげで存在するんだから、その所有物で間違いないでしょう」

スギモトは表情を変えず、きっぱりと答えた。

記者は眉をひそめ、反論する。

「しかしグローバル化が進んで、国家間の格差が顕著になってきた今、さまざまな意見があります。発展途上諸国の返還要求を拒みつづけていたら、利己主義や愛国主義との批判を浴びて当然ではないでしょうか」

スギモトはほほ笑みを浮かべた。

「あなたのご意見は分かりました。しかし考え方によっては、文化遺産は人類共通の普遍的価値を持つものであり、原産国に独占されるべきではないとも言える。それに、国民が国を愛してなにが悪いんです？　あなただって、きっとラボで和紙が活用されているのを見て誇らしく感じたんでしょう」

　鋭い指摘に、記者は口ごもる。

「もう質問は終わりかな」

「スギモトさんが鑑定したゴッホの絵画をめぐって、アラブの石油王から脅迫を受けているというのは事実ですか」

「ははは、面白い情報だな」

「ということは、デマ？」

「一部はデマだが、一部は事実。私が鑑定したのはムンクの絵画で、脅迫してきた相手は億万長者の華僑だった。依頼人は真作だと結論づけるようにさんざん脅してきましたが、科学調査に基づいて贋作（がんさく）だという結果が出てしまった以上、虚偽の発表はしなかったんですよね」

「それで、どうなったんです？」

「ここじゃ話しきれないので、今夜ゆっくり食事でもどうですか」

スギモトはあっというまに記者を自分のペースに巻き込み、名刺を胸ポケットから優雅に差し出した。記者は頬を赤らめながら「そういうことなら」と受け取る。やれやれ、たいしたもんだ。晴香は「では、私はこれで」とその場を立ち去った。

＊

千人単位の職員を抱える大英博物館には、スタッフ証を持つ者だけが利用できる社食と売店がある。外に出るよりも安く早く食べられるので、晴香はいつもそこを利用している。先週末は連休だったため、社食は休暇を終えた人たちで活気に満ちていた。

ランチにやって来た晴香は、一・五ポンドのサラダバーだけを選びながら、深いため息を吐いた。先週、共同で住んでいる格安賃貸の大家から、唐突に一通の告知が届いたからだ。

——建物取り壊しのため、居住者には速やかに立ち退きを命ずる。

ロンドンは東京よりも平均家賃が高い。大英博物館の職員も、独身の場合ほとんどがフラットシェアをしている。

他のフラットメイトたちは早々と新居を決めているが、晴香だけはネットでいくら探しても、予算を超えた物件か、職場からかなり離れた物件しか見つからず、引越しの目途が立っていない。

このままでは、住むところがなくなってしまう。

今まで狭き門を幾度となくがむしゃらにくぐってきた晴香だが、大英博物館の常勤職にまでのぼりつめて見えた景色は、お金がない、住む場所もない、あるのは山積みになった仕事ばかり、という殺伐としたものだった。

「とほほ」

晴香はそう呟き、スマホを握りしめながら項垂れる。

「どうした、暗い顔して」

日本語で声をかけられ、顔を上げるとスギモトがトレイを持って立っていた。

「ここ、空いてる？」

晴香はすぐにトレイを寄せた。

「はい。記者の方とはお話しできました？」

「ああ、おかげさまで」

「それにしても、新聞社の取材を差し置いて、受付の女の子なんかとおしゃべりなさっているとは思いませんでした」

「受付の女の子なんか?」とスギモトは真顔でくり返した。

他愛のない感想を言ったつもりの晴香は「え?」と戸惑う。

「彼女はオリヴィア、六月三十日生まれのかに座だ。美大を卒業していて画家志望。イスラム美術が好きで、うちの受付に応募した。そんな彼女を『受付の女の子なんか』と呼ぶべきかな?」

晴香は無意識のうちに、制服を着ている彼らを、個人として見ていなかったことに気がつく。名前や誕生日を知っている受付スタッフや監視員は、自分にはいない。謝るべきか、どうしようか。自分の失言を恥じ、つぎの言葉を探していると、スギモトは構わずつづける。

「ところで、新しいフラットを探してるようだね」

ずばり言い当てられ、晴香はふき出しそうになった。

「どうしてご存知なんですか。まだ誰にも話してませんよ」

「前回ここで君を見かけたときは、いろんなものを注文していたのに、今日は山盛りのサラダだけ。健康状態が悪いようには見えないから、金銭的な悩みがあるんだろう。最重要な手がかりは、これだ。じつは俺もフラットメイトを探していてね」

スギモトが掲げたスマホの画面には、晴香が覗いていたサイトと同じものがうつっていた。

「スギモトさんもお引越しなんですね」

「いや、一緒に住んでいたやつがしばらく前に転勤して、同居人を募集するかどうか、ずっと迷っているんだ」

「へぇ、どこにお住まいなんです？」

「ベイカー・ストリートだよ」

彼はさらりと答えた。

晴香は持っていたマイ箸を思わず握りしめ、上ずった声で言う。

「とってもいいところじゃないですか！」

「まぁ、交通の便はいいかな。ただ、観光客が多くてごちゃごちゃしているから、俺の趣味ではないが、親族がたまたま土地を持っているんだ。一応、大家は別にいて、形式的に家賃は払っているけど――」

「ゾーン1にたまたま土地を持ってる？　ひょっとして、貴族のご出身ですか」

晴香はにわかには信じられない。

ゾーン1というのは、ロンドンの地下鉄（チューブ）やナショナル・レールで運賃を計算するときに用いられる、同心円状のエリア地図である。中心部がゾーン1で、そこから離れるごとに数字が増える。今ではゾーン9まであり、ゾーン1に住めるのはひと握りだ。

しかもロンドンは、どんなに外資系の店舗が立ち並び、国際色豊かになっても、由緒正しい貴族たちがひそかに土地を牛耳っているという。それは数百年前からゆるがぬ伝統なのだとか。

「ああ、母方の親族がね」

さらりと肯定したスギモトの物言いに、晴香は妙なリアリティを感じた。

「でも持ち家なら、どうして一人で住まないんですか」

ふと浮かんだ疑問を口にすると、スギモトはむっとした顔をする。

「誰かと住んじゃ悪いか？　生憎、複数人で暮らすための間取りなんだ。バスルームは各階にあって、プライベートは守られる。ウェブサイトで募集したら、希望者が殺到するに決まってるし、困ってるんだ」

「そうですか……本当にうらやましいです」

晴香が呟くと、スギモトはしばらく腕組みをして黙っていたが、直後に信じられない提案をした。

「今じつは助手を探してるんだが、もし君にやる気があるなら、試用期間だけ仮住まいさせてやってもいいぞ」

晴香は驚きのあまり、その意味が即座には分からない。

「君の採用審査をしたとき、卒業制作や論文、これまでの評判、いろいろとチェックさせてもらった。粗削りながら、素質はある。俺は今ここの仕事とは別に、外部から修復や鑑定の仕事を多く請け負っているんだが、それを手伝える人間を探しているんだ。なんせ西洋のアンティークだけじゃなくて、アジアの古美術も扱うとなると、適任者がいなくてね」

開いた口が塞がらず、晴香はやっと訊ねる。

「すごく光栄な話ですけど……それに、部屋を貸してもらえるんですか」

「いや、まだそう決めたわけじゃない。あくまで仮住まいだ」

スギモトは淡々と答える。

ロンドンでは、恋人同士ではない男女での共同生活も珍しくない。しかし女にだらしなさそうな職場の上司と、うまくやっていけるのか。しかも大英博物館の通常業務だけでも大変なのに、手伝いなんて両立できるのだろうか。

同時に、一流の修復士になりたいという野心を持つ晴香のなかで、打算的な考えも同時に働く。どんなに大変でも、スギモトのそばにいればその技術を間近で見られる。それだけでも、絶対に得難い経験ができるだろう。しかも職場から近いベイカー・ストリートに暮らせるのだ。

「住所はあとでメールしておくから、考えておいてくれ」

いつのまにか食事を終えていたスギモトは、トレイを持って立ち上がる。

「わ、分かりました」

「……ただし、さっきの一言がどうも引っかかるな」

晴香は顔を上げて、「さっきの？」と訊き返す。

「受付の女の子なんかってやつだ。俺はそういう考え方のやつと組むのは御免だってことは伝えておこう。俺と価値観が違いすぎるからな。たしかに美術館には、制服を着て働くスタッフもいれば、洒落たスーツを着て働くスタッフもいる。でもみんな、ひとつの組織を動かすために、そして文化芸術を支えるために、力を合わせているという点では差なんてない。俺はそのあたりをちゃんと理解できていないようなやつを、助手にする気はさらさらないよ」

スギモトはそう言い残すと、晴香に答える間も与えず去って行った。

晴香はラボに戻ってから、取材のときに協力してくれたパピルス専門のコンサバターに声をかけた。ちょうど彼女も休憩するところで、ラボの外にある給湯室に二人で向かう。彼女を信頼している晴香は、社食でのやりとりを説明した。すると彼女はコーヒーカップを片手に、にやにやしながら答える。

「悪い話じゃないんじゃない？　そういえば、スギモトの昔のフラットメイトもうちのスタッフだったわよ。フランスから来た優秀な男の子で、個人的な仕事を手伝っていたみたいね。結局、母国の博物館に引き抜かれたけど」

晴香は身を乗り出しながら「でもどうして、わざわざ同じ職場の部下を住まわせるんでしょう」と訊ねた。

「スギモトが信じられない？」

「というか、なんで私なんだろうと思って」

「あなたも知っている通り、この仕事ってやりがいはあるけれど、決して収入は良くないでしょう。とくに海外から来た職員にとっては、家賃を支払うのも大変。スギモト自身は金銭的な心配はいらないようだけど、若手の修復士を育てるには厳しい現状を、なんとかしたいと思ってるんじゃないかな？　もちろん、本人はそんなこと口に出さないけどね」

彼女はコーヒーを一口飲み、くすりと笑った。

晴香は最後にスギモトがなぜあんなことを言ったのか、やっと分かった気がした。つくづく反省である。やっと常勤職に就いて、傲慢さが無意識に芽生えていたのかもしれない。晴香は修復士を目指すことにしたあるきっかけと、これまで進んできた険しい道のりをふり返りながら、謙虚でいなくちゃだめだなと思った。

＊

五つの路線をつなぐベイカー・ストリート駅は、つねに人で賑わう。映画や演劇のポップな大判ポスターが並ぶホームの壁には、イギリスでもっとも有名な架空の人物、パイプをくゆらす名探偵の横顔が、モザイクで大々的にデザインされている。

東京の地下鉄よりも高速のエスカレーターに乗って地上に向かい、改札を抜けて駅前の喧騒に出る。青空の広がる、気持ちのいい朝だった。しかしロンドンに来て花粉症に悩まされるようになった晴香は、鼻がむずむずする。

春はまだ肌寒く、夏も暑くないこの街では、五月から九月という長期間にわたって、芝に代表される花粉に見舞われる。とくにこの辺りは緑豊かなリージェンツ・パークが近いせいか、目も痒くなった。

駅前を貫くベイカー・ストリートは、片側二車線ある大通りだ。二階建ての赤いバスがひっきりなしに往来し、「ベイカー」という名前の通り、パン屋やカフェが軒を連ねる。曇り空に沈みがちなロンドンで、景観を少しでも明るくするためか、建物の色はカラフルで、窓辺にも花が飾られている。

事前にメールで住所を受け取ったフラットは、チューブの出口から徒歩五分ほどの好立地にあった。北東向きの、半地下を含めれば七階建てで、一階はカフェになっている。面積は狭そうだが、その分縦に長い。また目の前には交差点がある。

資産価値として数十億円はくだらないのでは。

そんなことを考えながら、晴香はカフェに隣接する一階玄関のインターホンを押した。

だが、しばらく待っても反応はない。

何度か強めにノックしていると、ドアがほんの少し開いた。

「なんだ、君か！　ジャンキーかと思ったじゃないか」

顔を出したのは、レンズの大きい陽気なサングラスをかけたスギモトだった。日焼けとは無縁のロンドンで、しかも室内にいるのに、なぜサングラスをかけているのだと訝しがりつつ、晴香は頭を下げる。

「すみません、ベルが壊れてるのかと思って。あの、これつまらないものなんですが、よかったら召し上がってください。それから先日、受付の女の子なんかって言ったこと、改めて謝ります。私が間違っていました——」

と言いながら、晴香は顔を上げてぎょっとする。

「ど、どうして裸なんですか！」

ドアの向こうにいたスギモトは、まさかの上半身裸だった。しかも土足で家をうろつくことの多いこの国で、なぜか裸足だ。

「あ？　ほんとだ」

スギモトはたった今気がついたという表情で、晴香の手土産を「わざわざ悪いな」と受け取ったあと、「とりあえず、そこで靴を脱げ」と言って、入口正面につづく階段を駆け上がっていく。指定された日時ぴったりに訪ねてきたのに、私が来ることを忘れていたのだろうか。裸のおねぇちゃんがいたらどうしよう。

晴香がひるんでいると、上階から「早く来い」という声が飛んでくる。

階段を上がり、おそるおそる二階のドアを開ける。どうやらワンフロアに一部屋ずつの間取りらしい。その部屋には数々の骨董品だけでなく、いくつかの機材が並んでいた。正面には広めの窓があり、車の行き交う大通り越しに、首を伸ばせばリージェンツ・パークの緑も見えそうだ。

「今、取り込んでるんだ」

スギモトが向かっている作業机のうえには、象牙製のバスケットが置かれていた。よく見ると四段に分かれ、表面にはシノワズリ風の彫り（カービング）が信じられないほど細かく施されている。こちらに構わず作業にとりかかるスギモトの手元を、晴香は身を乗り出して覗く。

「ずいぶんと仕舞い込まれていたんですね」

晴香が言うと、スギモトはサングラスを少し下げて、はじめてちゃんと晴香の方を見たあと、にやりと口角を上げた。

「そうなんだよ」

象牙には、象以外にマンモス、セイウチ、水牛などさまざまな種類があるが、暗闇のなかに置いておくと黒くなり、逆に、光に晒（さら）すと白くなるという特殊な性質がある。こんなに黒ずみが目立つということは、暗いところにあった証拠だ。しかし象牙は湿気に弱く、膨脹するので水では洗えない。繊細な装飾が施されたものは、とくに厄介だ。いったいどうやって修復するのだろう、と晴香が考えを巡らせていると、見透かすようにスギモトは言う。

「この装置は、この象牙専用に準備したんだ」

スギモトが手に取ったのは、コードのついたマシンガンのような形態の装置で、先端を象牙のバスケットに向けている。なるほど、今から象牙をレーザー照射して、黒ずみを焼いていくのだな。

と気がついた瞬間、どんっという音と同時に強く発光し、晴香は慌てて視線を象牙から逸らす。「使え」とスギモトが顎（あご）をしゃくった先にあった、ハート形のサングラスを「ありがとうございます」と言ってかけた。

「それ、スギモトさんの手作りですか」

「そうだよ。あるガールフレンドから、脱毛に使うレーザー器具を一台寄付してもらって、文化財用に簡単にアレンジしてみたんだ。これを使えば、かなり細かい黒ずみも白く復元できる。ほら、見てみろ」

そう言って、サングラスを外したスギモトの瞳はまっすぐで、きらきらと輝いていた。さっき玄関先に出てきた気だるそうな様子とは打って変わり、大好きなプラモデルを与えられた無邪気な少年のようである。

「お話は大変興味深いんですけど……とりあえず、なにか着ませんか」

「ああ、そうだった。集中するとつい脱いじゃうんだよな」

スギモトは床に散らばった服やくつ下を、いそいそと身に着ける。くしゃくしゃになったシャツを見て、アイロンをかけなくていいのかなと晴香は思う。といっても、晴香自身も他人のことをとやかく言える服装ではないのだが。

ふと部屋の奥に目をやると、高さ三十センチほどの円筒状の壺が、李朝棚に置かれていた。側面に縦線が均等に入った、「桶側（おけがわ）」と呼ばれる立派な古染付だが、表面に大きくヒビが入って見た目を大きく損ねている。

「あれ、水指（みずさし）ですね」

スギモトはシャツのボタンを留めながら肯く。

「昨日届いたばかりなんだ」

晴香は棚に歩み寄り、並んだ骨董品を眺めながら、どんな風に修復するのだろうと想像する。とくにやきものは、ヒビや欠けをあえて楽しむ人も多く、クライアントの好みや考え方によって、同じ作品でもまったく違う修復を加えることになるからだ。

するとスギモトは思い出したように言う。

「このフラットに暮らすに当たって、君にルールを与えよう。その一、ここにあるものをじろじろと見ない、むやみに手を触れるなんて言語道断。その二、俺のプライベートには一切立ち入らない。誰がいつこのフラットに来ても、なにも聞いてはいけないし質問もなし。その三、このフラットにいてもいいのは、俺がいるあいだだけ。俺の不在中は立入禁止だ」

「ちょっと待ってください、私は作品を盗んだりなんかしませんよ？　少しは信頼していただいてもいいんじゃないですか」

「試用期間が終わったら検討してやってもいいが、仮住まいの君にここの鍵を渡すわけにはいかない」

祖父母が同居する賑やかな家庭で育った晴香は、共同生活で苦労した経験がほとんどない。多少たいへんな目に遭っても、脳内で笑いに変換できる前向きな性格のおかげで、海外生活もストレス少なく送ってきた。

しかしスギモトは、先日の社食での話しぶりからしても、誰かに家にいてほしそうな気配を漂わせているくせに、自分の生活スタイルやこだわりを重視しているようだ。そんな彼と今後うまくやっていけるのか、晴香は急に不安になる。

「休日とか、スギモトさんが夜出かける場合は、どうしたらいいんですか」

「都会なんだから、時間を潰す場所には困らないだろ」

選択肢を与えられていないのだと悟り、晴香は了承した。

「君は五階を自由に使うといい」

個人的なラボとして機能している二階の上には、三階にダイニング・キッチンと共有のリビングがあった。これまでは週一で清掃を外注していたらしく、晴香が暮らしていたフラット以上に片付いている。四階にはスギモトの部屋があるというが、予想通り、立ち入り禁止だと念を押された。

「六階は？」

「倉庫として、俺の個人的なものを置いてるから――」

「承知しました。そこも立ち入り禁止ですね」

あとで彼の目を盗んで覗いてみよう、と考えながら晴香はしおらしく肯く。

そのとき、スギモトのスマホが鳴った。

「分かった、すぐに向かうよ」

ロンドン訛りの英語で答えると、スギモトは電話を切って深いため息を吐き、防水素材のコートをのろのろと羽織った。

「休日出勤らしい、最高だな」

「私もですか？」

「ああ、ウーバーを呼んでくれ」

そうか、彼がいないとき、私はこのフラットにいちゃいけないんだ、と晴香はスマホを手に取る。フラットを出ると、さきほどの青空は分厚い雲にすっぽりと覆われていた。窓辺の花にも緑豊かな公園にも、すべてに灰色のフィルターをかけてしまう、典型的なロンドンの天候である。

やがて到着した、中東系のドライバーが運転する車に二人は乗り込む。その直後、晴香のスマホにも、大英博物館から全職員に向けたメールが届いた。

【緊急事態　レベルA】

件名についたその文言に、晴香は目を疑う。

日本のあちこちで地震を想定した避難訓練が行なわれるように、さまざまな国籍の人で年中混雑する大英博物館では、テロリズムや盗難、破壊行為(ヴァンダリズム)が起こったときに職員が適切に対応するための訓練が、年一度実施される。

前回の訓練で全職員に配布されたマニュアルには、各部署の動き方が示されていた。緊急度はレベルAからCまでに分類され、レベルAの場合、全職員にメールが自動的に送信され、各課の責任者には個別に連絡があると記されていた。

レベルAには、大英博物館の主要作品、もしくは政治的な怨恨を抱かれやすい作品の破壊が含まれる。今まさに届いたメールの文面を読むと、パルテノン・ギャラリーを諸事情で封鎖し、全館臨時休業にするという。

「パルテノン・マーブルになにか起こったんですか」

晴香はそのメールを見せ、動揺しながら訊ねる。

しかしスギモトは慌てる様子もなく、休日に呼び出されたことがただ不愉快なようで、関わりたくなさそうに言う。

「三十分ほど前に、見学していた来館者が、自撮り棒をぶつけて大理石彫刻を落下させたらしい」

「そんなに簡単に落ちるものですか」

「そりゃあ、重力がある限り落ちるだろ。万有引力の法則だ」

2

いつもは正面玄関に面した通りまでタクシーが入れるが、博物館から数百メートル先の道まで大渋滞が起こっていた。身動きがとれなくなった車内で、ウーバーの運転手がバックミラー越しに言う。

「お客さん、この先に行っても無駄ですよ」

「え？」

「ギリシャ彫刻が壊されて、大騒ぎしてるみたいですから。残念ですけど、今日はもう閉館になるみたいで」

「なぜ知ってるんです」

「みんな知ってますよ」

運転手は笑いながら、ツイッターの画面を掲げた。

驚いて自分のスマホで確認すると、来館者が事件現場を撮影したらしい複数の写真や動画が、【今世紀最大のヴァンダリズム】【博物館の作品って、こんなに簡単に壊れちゃうものなの？】【館内には爆弾が仕掛けられているらしい】といった大量のコメントとともに拡散されていた。

「スギモトさん、テロ予告じゃないかっていうコメントもありますよ」

「なんでもいいが、俺の休日を返してほしいもんだ」

いやはや、この人にはシニア・コンサバターとしての責任感がないのだろうか。

「どうします？　こっから近いナショナル・ギャラリーとかに行きますか」

日本語で会話をしていたので、運転手から観光客だと思われたようだ。

「いえ、ここまでで大丈夫です。ありがとう」

二人はウーバーを降りて、人混みをかき分けながら博物館の入口に向かった。

普段なら、敷地の外周には、手荷物検査のために長蛇の列ができている。しかし臨時休館となった今、おそらく館内から退去させられた人々と、これから大英博物館を見学しようとしていた人々とで、見たこともない大混雑が起こっていた。

路地にはパトカーも何台か停まり、制服姿の警官が誘導を行なう。不安げな人々とやりとりをする黄色いベストを着た警備員に、二人はスタッフ証を見せ、敷地に入る。彼らのトランシーバーは鳴りっぱなしだった。

石畳と芝生の広場では、小雨のぱらつくなか、この日働いていたスタッフたちが館内の安全が確認されるのを待っていた。週末なので人数は少ないが、その分、臨機応変に動けるスタッフも限られているため、みな混乱している様子だ。

「ギャラリーに来いと言われたよ」

スマホの通話を切ると、スギモトは他人事のように言った。

騒然としたグレートコートを横切り、「パルテノン・ギャラリー」と記されたガラス扉に辿り着く。その前では、警察官や警備員が何人も立っていて、スタッフでさえも簡単には立ち入れない重々しい空気だった。

「殺人事件みたいだな」

物々しい厳戒態勢のなかで、スギモト一人だけ真剣味がない。なかに入ると、数名のスタッフが絶望的な顔で立ち尽くしていた。おしゃべり好きな彼らの沈黙は、事態の深刻さを雄弁に物語っていた。

晴香は改めて、ギャラリーを見渡す。

この空間には、紀元前五世紀頃にアクロポリスの丘に建てられたパルテノン神殿の彫刻群──通称パルテノン・マーブルの、およそ半数が展示されている。あとの半分はアテネに現存し、他にもいくつかはルーブル美術館、ウィーン美術史美術館など、欧州各地に点在する。

それらは大きく、三種類に分けられる。

ひとつ目は、神殿の破風部分にあった、等身の倍近い大きさの丸彫り彫刻だ。神々の姿を表し、パルテノン・マーブルのなかでももっとも神聖とされる。それらはI字形になったパルテノン・ギャラリーの、両端のスペースの中央に鎮座する。

ふたつ目は、メトープと呼ばれる、神殿の軒縁（アーキトレーブ）に並んでいた約百三十センチ四方の石板だ。ほとんど丸彫りに近い高浮彫（ハイ・レリーフ）で、人と神が入り乱れて戦う神話の世界を表す。ギャラリーの丸彫り彫刻を取り囲むように、両端のスペースの壁に掛けられている。

みっつ目は、フリーズと呼ばれる、神殿内側の列柱（コロネード）の外周を飾っていた約百センチ四方の石板だ。他の二種に比べると彫りは浅く、全長百六十メートルにわたって表現されたのは、自由を希求するアテネの人々の世界である。ギャラリーのうち、長い回廊になったスペースにずらりと整列する。

それら三種類に共通するのは、例外なく破損しているということだ。

なぜなら神殿は、六世紀にはキリスト教の聖堂に、十五世紀にはイスラム教のモスクに改造され、十七世紀には戦争によって爆破された。さらに異教徒たちは、偶像に満ちたその神殿に悲憤をおぼえ、嫌悪し、頭部を中心に破壊したのだ。

それでもパルテノン・マーブルは、ルネサンスや古典主義などで後世にくり返し、美術における人体表現の手本として、不死鳥のように価値が見直されつづけてきた。「人間とはなにか」という普遍的命題の、ひとつの答えを教えてくれるからだろう。

「これは派手にやられたもんだ」とスギモトが呟いた。

破壊されたのは、高浮彫のメトープ《ラピタイ人とケンタウロスの戦い》だった。この石板には、半人半馬のケンタウロスが片腕にライオンの皮をかけ、人間に襲いかかる様子が模（かたど）られている。

床に落ちた石板は、うつ伏せの状態で真っ二つに割れていた。さらにケンタウロスの肢体は砕け、周囲に散らばっている。

「信じられないですね」

晴香が呟くと、うしろから声がした。

「本当に、信じられないよ」

ふり返ると、ギリシャ彫刻専門のキュレーターであるイアンが立っていた。

ギリシャ系移民の両親を持つ四十代前半のイアンは、マークス＆スペンサーで安く売っていそうなカジュアルな服装で、無精ひげを生やしている。なぜか彼の立ち振る舞いは、対外的な露出が多く自ずと態度も大きくなりがちなキュレーター陣よりも、縁の下の力持ち的にこつこつと地味な仕事をこなすコンサバター陣の方に近しい。だから晴香の周囲でも、異色のキュレーターとして評判だった。

「この子は？」

イアンは見慣れないアジア女性が居合わせていることを不審に思ったらしく、スギモトに訊ねた。ギリシャ美術には紙媒体の作品が少なく、彼と直接関わる機会は今までなかったのである。

「気にするな、こいつは俺の助手だ」

大英博物館の仕事も手伝うって話だったっけ、と晴香は内心戸惑いつつも、スギモトの強引さに押される。

「はじめまして、アシスタント・コンサバターの晴香です」

「よろしく、ハルカ」

イアンは穏やかな笑顔で、握手を求めた。そして無残な姿になった、生涯をかけた自らの研究対象であるパルテノン・マーブルを、うつろな目で見つめた。

「詳しい経緯を説明するよ。一時間ほど前、ギリシャ人の来館者が自撮りの最中に結界に躓き、作品に身体ごとぶつかった。たまたま今日出勤していて、最初に警備室から連絡を受け取った僕が、すぐにマニュアルに従い【レベルA】と判断し、君にも連絡が行ったわけだ」

「その来館者は？」

「幸い怪我もなく、今は警備室にいるよ。英語が不得手らしく、これから僕も立ち会ってひと通り事情を聞くけれど、ひどく動揺していて、政治的な動機はなさそうだ。本当にただの事故だったのかもしれない。ただしそうなると、博物館としては責任を問えなくなるから厄介だが」

スギモトはイアンの話に耳を傾けながら、床にしゃがみ込む。そして胸ポケットからペンライトを出し、散らばった欠片（かけら）を手に取ると、青白い特殊な光を当てた。

「君はこれを見て、どう思う？」

スギモトはイアンを見上げ、その破片を手渡す。

「どうって……胸が痛むよ」

「いや、これはフェイクだ」

「なんだって！」

「大理石（マーブル）じゃなくて、石膏（プラスター）だってことさ」

晴香とイアンは顔を見合わせる。

「表面をよく見ると、大理石風に着色されているが、細かく飛び散っている様子は、明らかに石膏だ。先入観を持って眺めると騙（だま）されそうだが、あとできちんと分析すれば、ほぼ百パーセント石膏だと分かるだろうね」

「たしかによく見れば……」

イアンは開いた口が塞がらない様子だ。

スギモトは立ち上がり、膝についた埃を払うと、マイペースに展示室を歩き回りはじめた。

「どうやら、もうひとつ先入観が邪魔をしていたようだ。今までこの部屋をじっくり観察したことはなかったが、いくつかの彫刻は壁に金属のフックを差し込んでいるだけで、簡単に取り外せそうじゃないか」

「まさか！」

「おいおい、それはこっちの台詞さ。君はギリシャ専門の研究者のくせして、どうしてそんなことを把握していない？」

スギモトが訊ねると、イアンは目を逸らして自虐的に笑った。

「情けないけれど、キュレーターなんてそんなもんさ。作品のメイン担当者としてプロジェクトの指揮をとっていても、僕たちに与えられる権限は小さい。作品に直接触れられる君たちコンサバターの方が、いざという場面で頼りになるものさ」

晴香はそれを聞いて、仕方のないことかもしれないと思った。

日本の「学芸員」と英国の「キュレーター」は同義語ではない。日本の学芸員は企画、研究、教育、保存のすべてを担当することが博物館法で義務づけられている一方、欧米ではその仕事は分担され、キュレーターは研究と企画だけを担当すればよい。

「それにしても、君の言う通りパルテノン・マーブルが壁から外され、石膏にすり替えられたのだとしたら、本物はどこに行ってしまったんだ？」

イアンは言い、スギモトは冷静に答える。

「まさに解くべき謎はそこだな。来館者が偶然起こした事故をきっかけにして、掛かっていたのはむしろ偽物で、本物は行方不明だという事実が判明してしまったわけだ」


一時間後、館内の隅々まで点検作業が完了した。念のため、テロの可能性が疑われたのだが、幸い、爆弾などの危険物はないという結論が下され、職員たちは順番に持ち場に戻った。だが、敷地の外にはメディアのカメラが集まり、上空にもヘリが飛びはじめた。

パルテノン・ギャラリーでは、ひと通り現状の記録がなされたあと、飛び散った石膏が片付けられた。やがて学芸チームをまとめるミセス・ベルが、展示室に現れた。ヒールの音が近づいてきたとたんに、場の空気がぴんと張り詰める。

館内の全員から敬称付きで呼ばれるミセス・ベルは、恰幅（かっぷく）がよく迫力のある叩き上げの管理職だ。厄介な問題が起こっても、いつも冷静沈着に大胆な対策を打ち出すため、陰では「大英博物館のサッチャー」と呼ばれている。

たしかにサッチャーは、充実しすぎの社会保障制度の反動として流行した英国病を、緊縮政策によって克服した。一方ミセス・ベルも、近現代アートの国立美術館テート・モダンに、最近あっさり入館者数を抜かれた大英博物館を立て直すために、厳しい指示もためらいなく下す女傑だ。

「壊されたのはレプリカだったって？」

「さきほど簡易検査の結果が出て、やはり石膏だったようです」とイアンが答えた。

「データベースの記録は？」

「残念ながら、ここに展示されているという記録になっていました」

館内には、コレクションケア部門にレジストレーション課というチームが存在し、あらゆるコレクションの情報を統括している。職員が外部からそのデータベースを参照し、作品の制作年やサイズといった基本的な情報の他に、修復や出展の履歴などを確認できるシステムである。

といっても、晴香にとっては知らないことばかりの他の課のなかでも、レジストレーション課の全貌はとくにベールに包まれている。晴香のような一介のスタッフは、コンディション・レポートと呼ばれる、所蔵品の状態を記した報告書を彼らにメールで送信するくらいで、その所在地さえ把握していない。

「防犯カメラの記録映像は？」

「確認しました」

ミセス・ベルの質問に、警備責任者が深刻そうに答える。

警備責任者は監視員や警備員を総括するだけでなく、展示空間の導線や安全性を確保する立場にあり、晴香も展覧会の準備のために、やりとりをしたことがあった。鍛え上げられた体つきに強面の見た目だが、じつは晴香のようなアシスタントに対しても丁寧に接してくれる温和な性格だ。いつもはどんなに混雑する展覧会でもてきぱきと入館者を捌いてくれるが、この想定外の事態にはお手上げらしい。

「大変申し上げにくいのですが……パルテノン・ギャラリー内に設置された防犯カメラの記録映像は、現時点では過去一ヶ月分のみしか、ハードディスクに保存されていないことが分かりました」

その場にいた全員が深いため息を漏らした。

つまり、たった今起こったならまだしも、いつ起こったのか分からない盗難には、対処する術がないというわけだった。

だが、それも仕方ない。この広大無辺な果てしない迷宮の、隅々まで監視の目を行きわたらせるだけでも莫大なコストがかかる。潤沢とは言えない国の予算とスポンサーの寄付でおよその運営費を賄っている入場無料の博物館に、それを負担しろというのは無理な注文だ。

さすがのミセス・ベルも、表情を曇らせた。

「こんな事態になるとはね……壊された作品がレプリカだったことが公になれば、セキュリティがおざなりすぎると批判を浴びて、責任を問われることになる。そんな事態に陥る前に、本物の回収が最優先だわ。われわれの威信にかけて、一刻も早くどこにあるかを突き止めること」

周囲のスタッフたちは肯く。

「スギモト、この件はあなたが指揮をとりなさい」

「俺が？」

スギモトは思いっ切り面倒くさそうに言った。

「待ってください、ここは専門の僕がやります」

名乗り出たイアンに「どうぞどうぞ」とスギモトはその役割をゆずろうとするが、ミセス・ベルは冷たく却下する。

「これは調査研究じゃないの。客観的な立場にいる人間の方が冷静な判断ができる。それにさっき警察の美術特捜班（アート・アンド・アンティーク・スクワッド）から連絡があった。本物は盗難された可能性がある、という旨を話したら、この件についてはロンドン警視庁とつながりのあるスギモトが窓口になるようにという指名なのよ」

「ちっ。あいつ、余計なことを言いやがって」

スギモトは迷惑そうに呟く。

「そういうことなら仕方ないですね」とイアンは唇をぎゅっと結んだ。「困ったことがあったら、なんでも言ってくれ。喜んで協力するから」

「ありがたい。ぜひお願いするよ」

スギモトはそう言いながらも、イアンの方を見ない。

「ハルカ」とミセス・ベルに呼ばれて、晴香は背筋が伸びる。「なぜあなたがここにいるの」

「スギモトさんの手伝いをすることになりまして」

「ちょうどいい。この男はお調子者に見えて、用心深くて他人に仕事を任せたり報告したりしない秘密主義者だから、あなたが私に状況報告すること」

「承知しました」

さらにミセス・ベルは、たとえ家族や恋人にであってもレプリカの件を絶対に口外しないように、と居合わせたスタッフたちに約束させた。

パルテノン・ギャラリーをあとにしながら、晴香は訊ねる。

「そういえば、ロンドン警視庁にお知り合いが？」

「別に」とスギモトはつっけんどんに答えるだけだった。

3

大英博物館の百余りある展示室は、基本的に地域別、または作品の種類別に分類されるが、さまざまな地域とさまざまな種類とを、綯い交ぜに集めた展示室が、いくつかある。そのひとつがルーム1だ。

別名「エンライトメント・ギャラリー」と呼ばれるルーム1は、開館当時の内装を残した最古の空間でもある。かつては「王様の図書館（キングス・ライブラリー）」として親しまれた図書室があり、今も回廊にはガラス張りの書棚が二階の天井までつづく。

ルーム1は、空間そのものがひとつの芸術品だ。花崗岩の赤みがかった柱、白を基調とした天井の浮彫装飾、オーク材とマホガニー材を混用した床など。さらに来館者は、大英博物館の神髄をそこに見出すことができる。

というのも、コレクションの礎をつくったハンス・スローン卿の胸像をはじめ、イギリスがいかに世界に目を向け、文物を収集し、大英帝国をつくり上げたかがよく分かる展示構成になっているからだ。

ガラス張りの書棚には本以外のものも展示され、なかには江戸時代に「捕獲された」と伝わるインパクト大な外見の謎多き《人魚のミイラ》や、大きさ二十五センチのヤドカリの自在置物など、日本からやって来たコレクションも多数である。

「ルーム1になんの用です？」

晴香はスギモトに訊ねる。彼はミセス・ベルから指示を受けたあと、まず訪ねるべき部署があると言ってルーム1に向かった。しかしこのルーム1は、建物の東端に位置する行き止まりであり、通用口らしき扉も見当たらない。

「ルーム1に用があるんじゃなくて、ルーム5に行きたくてね」

「ルーム5？　5って見つかりませんけど」

館内のあちこちに設置されたフロアマップを見ながら、晴香は首を傾(かし)げた。

展示室は地上階から上がるに従い、1から順番に数字が振られている。にもかかわらず、いくつかの番号――たとえば、ルーム5やルーム28といった部屋は、なぜか地図上に存在しない。長い歴史のなかで増改築をくり返し、結果的にそうなったらしいが、巷(ちまた)ではこの博物館のちょっとしたミステリーになっている。

「この辺りだったかな」

存在しないはずのルーム5が、ルーム1のどこかにあるということなのか？　晴香は戸惑いながらも、スギモトのあとを追いかける。スギモトは「そう、ここだ」と言って、ある本棚の前で立ち止まった。

「すみません、展示棚には触らないで――あら？　スーギーじゃない」

声をかけてきたのは、無線で誰かと話をしていた白髪の女性である。

いつもはルーム1にぽつんと置かれた小さなテーブルの前で、ほほ笑みをたたえながら腰を下ろし、太古の石器や土器の破片を見学者に触らせ、その用途や由来について簡単な実演解説をしているボランティアの一人だ。

「マリア、悪いが急ぐから、ここを通してもらうよ」

マリアというらしい彼女は、素早くまわりを見回したあと、スギモトに小声で詰め寄る。

「またそんなこと言って、困るじゃないのよっ。許可がないと、ここからは入っちゃいけないっていうルールなのに」

「いいだろ、今日はもう閉館なんだから」

スーギーことスギモトが上目遣いで手を合わせると、マリアは少し顔を赤らめて「仕方ないわね」と呟いた。

「恩に着るよ」

スギモトは棚の脇にカードキーをかざす。突如として、ゴゴゴと音を立てて本棚のひとつが回転した。

「ハ、ハリポタ的な？」

晴香は腰を抜かしそうになる。

「はじめて来るか？　ここは普段使わない扉だが、通称『ルーム5』と呼ばれる部署への近道なんだよ。マリアは大英図書館の司書をリタイアした解説員だけれど、じつはこの隠し扉の見張りでもあってね。ああ見えて、空手黒帯の持ち主なんだ」

晴香がふり返ると、マリアは「やー！」と突きのポーズをして、ほほ笑んでみせた。

その堂に入った姿を見て、晴香の脳裏に、マリアが滝を背景に瓦割りをする光景がありありと浮かんだ。

「すごい……ところで、ルーム5ってなんなんです」

「五十年ほど前までは、作品が安置されていた特別展示室。今ではレジストレーション課のコンピューターが、二十四時間すべてのコレクションの場所や状態をデータベースで管理している大英博物館の心臓部だ。ちなみに、このことは絶対に口外するなよ」

スギモトはそう念を押すと、本棚の隙間をくぐっていった。

通称「ルーム5」では、巨大なコンピューターが荒々しく呼吸し、大小さまざまなモニターが部屋の四隅まで鎮座していた。その空間の外側にある何百年も前に生み出されたアンティークとは対照的な、文明の最先端ともいえる光景だった。

「おいおい、スギモト。そこから入るなって何度言ったら分かるんだ？　万が一客に見られたらヤバいだろ」

パソコンや関連機器で溢れ返った作業場から、ひょこりと顔を出したのは寝癖でボサボサの頭をした、分厚い眼鏡をかけた若い男性だった。

「もう一般客なら一人残らず避難したよ」

「そりゃ知ってるけどさ。ツイッターで見てるから」

「だったら堅いこと言うなって」

「マリアはお前にばっかり甘いよな。このあいだ俺があそこから入ろうとしたら、豪快に投げ飛ばされたのに。って、その女は誰だよ！」

「彼女は俺の助手だから大丈夫だ。で、パルテノン・マーブルのデータは確認してくれたか」

スギモトがマイペースに訊ねると、寝癖男はしぶしぶパソコンを立ち上げる。

「依頼通りな。残念ながら、パルテノン・マーブルの現在地は、ルーム18すなわちパルテノン・ギャラリーにあると最終的に記録されていて、いつどこで石膏にすり替わったのかは、データには残っていなかった」

「想定内の結果だな」

「ただし、ここからが俺の腕の見せ所だ。慎重に過去のデータを掘り起こしたところ、ひとつ意外なことが分かった」

彼がボールペンで指したのは、コンディション・チェックの記録箇所である。

「パルテノン・ギャラリーでは、毎年決まって夏にコンディション・チェックが行なわれている。でも二〇一四年には例外的に、冬にもそれが行なわれた。なぜだと思う？」

「ひょっとして、貸し出されてたわけか」

スギモトは興味深そうに顎に手をやって答えた。

なるほどと晴香は思う。

コンディション・チェックが定期的な点検としてではなく、例外的に不規則に行なわれるときは、展示される前後と、貸し出される前後のほぼ二パターンだ。パルテノン・マーブルは恒常展示品なので、消去法的に後者の可能性を考えるのが自然だろう。

寝癖男が肯く。

「俺も同じことを思ったんだ。それで、その時期に保存された、館内すべてのデータベースを洗ってみた」

寝癖男は声を大きくしたあと、パソコンの画面を切り替えた。そこには宮殿らしき豪華絢爛な空間に、パルテノン・マーブルのひとつ《イリッソス》の人体像が展示されている様子がうつっていた。

「これは……エルミタージュ美術館か？」

スギモトは画面に向かって身を乗り出す。

寝癖男は椅子に座ったまま、くるりとこちらに向き直った。

「驚いただろ！　この写真は合成でもなんでもない。正真正銘、エルミタージュ美術館の閉館中に行なわれた二〇一四年十二月のパーティで、パルテノン・マーブルが貸し出されたという証拠の一枚だ」

パルテノン・ギャラリーには、パーティにはもってこいの荘厳なムードがある。だから一般企業にスペースが貸し出されることもある。しかし作品そのものが貸し出されたという話は聞いたことがない。門外不出と言われたそれらが、海を越えてロシアのパーティに登場していた事実に、晴香は衝撃を受ける。

スギモトはシニカルに口角を上げた。

「これが本当だったら、大英博物館は大ボラ吹きだな。『展示室に固定されているから、外に持ち出すことは不可能である』なんてふざけた理由で、ギリシャに返還しないことを正当化できなくなるぞ。ちなみに、この写真はどこで見つけた？」

「ギリシャ美術専門のキュレーターのＰＣだ」

寝癖男は画面を示してつづける。

「このとき例外的なコンディション・チェックが行なわれたように、去年もよく似た状況が起こっている。行先はどこか分からないが、あの彫刻群はふたたび貸し出されていたかもしれないってわけさ」

レジストレーション課をあとにしたスギモトは、すぐにスマホで電話をかけた。

電話に出たイアンは、警備室にいると答えた。半地下にある警備室に二人が向かうと、作品を壊した観光客の男性が、数名の警備員に連れられて、廊下の向こうから歩いてくるところだった。

彼が顔を上げたとき、晴香は彼とどこかで会ったことがあるような、妙な感覚に囚われた。しかし彼はすぐに目を逸らし、警備員とともに出口の方へ消えて行った。まもなく警備室からイアンが現れた。

「君に頼まれた通り、詳しい事情をギリシャ語で聞いておいたよ」

スギモトは男のうしろ姿を見送ったあと、イアンに向き直って「ところで、君に確認したいことがあるんだ」と言った。

「なんでも質問してくれ」

「じゃあ、遠慮なく。二〇一四年の十二月に、パルテノン・マーブルがロシアに貸し出されたってのは本当か？」

イアンはさっと表情を暗くした。

「図星のようだな」

しばらく沈黙したあと、イアンは白状した。

「黙っていて申し訳なかった。取締役の一人から直々に指示を受けた、極秘のプロジェクトだったんだ。絶対に口外しないように、念を押されていて。主導したのは当時の首相で、ブレグジットを念頭に置いたロシアへの接近が目的だと思う」

「なるほど。パルテノン・マーブルを利用した、ＥＵ国家以外へのソフト面での懐柔ってところか」

スギモトは軽く舌打ちをした。

「もちろん、それが明るみに出れば、ギリシャ政府や返還を要求する団体の神経を逆撫でするだけだ。幸い、何事も起こらず隠しおおせたが、僕はあんな危険なプロジェクトは二度と勘弁してほしいと抗議したんだ。すると今度はパルテノン・マーブルをワシントンの政治家の家に、一夜だけ展示したいだなんて言い出した。この国の政府はめちゃくちゃだよ」

声を荒らげるイアンの話を聞きながら、晴香は思い出す。

たしかに半年ほど前、パルテノン・ギャラリーの改修工事を行なうという名目で、展示室が封鎖されていた。入口にはビニールシートがかけられ内部が一切見えず、ずいぶん厳重だなと感じた憶えがある。

アメリカの大物政治家が大英博物館を公務で訪れた際、これを自宅に飾ってみたら面白いんじゃないかと思いつきで発言し、そのために莫大な費用がかけられ、職員が奔走するなんていう構図は容易に想像がつく。国立ミュージアムのコレクションは、国にとって重要な外交的道具でもあるからだ。

「しかもエルミタージュに貸し出されたのは、台座に置かれている《イリッソス》だ。ワシントンに貸し出された、壁に杭で打ち込まれているはずの《ラピタイ人とケンタウロスの戦い》とはわけが違う。館外に持ち出せない、なんていう苦し紛れの言い訳はいよいよ嘘八百になる。しかも今回それが壊されてしまった。この事実が外部に漏れれば、エルミタージュ美術館の件よりも、はるかに大きな問題になるだろう」

「間違いないな。でもこれであの作品が石膏にすり替わる、絶好のタイミングが分かったわけだ」

「ああ……エルミタージュのときは、全員がかなり慎重になっていて、僕が責任を持って確認作業をした。でもワシントンのときは、僕は猛反対して、貸出前のコンディション・チェックには協力したものの、その後一切関わらなかったんだ。今になれば後悔してもしきれないけれど、おそらく館内の誰も、返却後の確認をしていないと思う」

イアンは絶望の淵に立たされたような顔つきで言った。

夕方、約束の時間から数十分遅れて、ロンドン警視庁（スコットランドヤード）から制服警官数名と、美術特捜班に所属するという男性刑事一人が、イアンとともにパルテノン・ギャラリーに現れた。刑事は遅刻したことには触れず、スギモトに手を差し出す。

「噂はかねがね聞いてるよ」

「どうも」

握手に応じたあと、スギモトはぶっきらぼうに答える。

刑事はどことなく人生にうんざりしているような表情を浮かべながら、消えた石板の跡が四角く残る、壁の空白を眺めた。

「本当なら、あいつに担当させたかったんだが、生憎オランダに出張中でね」

「ハーグの欧州刑事警察機構（ユーロポール）に呼び出されたかな」

「どうだろうな」

刑事はスギモトの推理にも動じず、破損した石膏が片付けられたギャラリー内をじっくりと観察したあと、口をひらいた。

「閉館中、館内のスタッフなら誰でも展示室に出入りできる。そのくせ防犯カメラの映像は一ヶ月分しか残っていない。さらに派遣会社の清掃員やら、補修工事の作業員やら、いくらでも犯罪者が紛れ込む隙もあるときた……いやはや、こんなザルみたいな警備システムじゃあ作品を持ち去るのはスーパーの万引きよりも簡単だったでしょうね」

刑事の口調には、皮肉がたっぷりと込められていた。

警備責任者がすかさず反論する。

「いくらなんでも、言いすぎではないでしょうか？　われわれも来館した外部業者はリストアップしてありますし——」

「ほう、それは頼もしい」と刑事は嗤(わら)った。

警備責任者は顔を赤くして「簡単に持ち運べる絵画や工芸品ならまだしも、まさかパルテノン・マーブルが盗まれるなんて、夢にも思わなかったんですよ」と言い放った。その悲痛な叫びは、その場にいたスタッフ全員の本音を代弁していた。

「まぁ、過ぎたことをとやかく言うつもりはないさ」と刑事は淡々と言う。「それに、われわれ美術特捜班の目的は、犯人を捕まえることではなく作品を探し出すことです。犯人なんて追っても、詐欺組織と同じで、真に甘い汁を吸ってるブローカーは捕まらない。トカゲの尻尾切りをされた末端が、ただの窃盗罪で数年刑務所に送られるだけだ。肝心の作品が戻ってこなくちゃ意味がないんでね」

刑事はスギモトを顎でしゃくり、警備責任者に言う。

「こちらさんの情報によると、壊された作品はワシントンに貸し出されていたとか？　館内のあらゆるデータにアクセスする許可は得ている。まずはその辺りの記録の整理からはじめましょうか」

刑事はスギモトがまとめたファイルを受け取ると、警備責任者や数名のスタッフたちとともにギャラリーをあとにした。

彼らを見送ったあと、晴香は言う。

「警視庁に美術専門の特殊部隊があるなんて、ロンドンらしいですね」

「ここは美術市場の中心地だからな。ロンドンには、主要なオークション・ハウスの本拠地が集中し、ビッグ・コレクターも大勢いる分、眠っている美術品の数も多い。それはつまり、美術犯罪の一大温床地にもなりうるってことさ」

スギモトは当然のように答えた。

「美術犯罪って、そんなにたくさん起こるんですか」と晴香は驚きながら訊ねる。

「ああ、イギリスはアメリカなどと違って、自己所有でないものの売却を禁ずる法律や保険制度が整備されていないから、とくに犯罪が起きやすいんだ。だから美術特捜班は、複雑怪奇に入り組んだ闇ルートに精通している。そこに捜査を委ねたということは、上層部はパルテノン・マーブルが闇市場に流出した可能性を認めたんだろう」

「でもその闇市場から美術品が戻ってくる確率って、どのくらいなんですか」

「全体のおよそ十パーセント。ほとんどは永久に姿を消すと言われている」

「そんなに少ないなんて」と晴香は眩暈（めまい）がした。

「たしかに直視したくはないが、それが現実だ。今回のことが『破損事故』ではなくて『盗難事件』として扱われる以上、俺たちの出る幕はないし、心配しても仕方がないさ」

　スギモトは肩の荷が下りたのか大きく伸びをしたあと、ラボに戻って行った。

4

　翌日、晴香はベイカー・ストリートのフラットに荷物を運び上げた。ロンドンの多くの住居と同様エレベーターがなく、荷解きを終えた頃にはすっかり空腹だった。キッチンを検分するが、料理をしている形跡はゼロ。ＩＨコンロには本が積み上げられ、冷蔵庫には水しかない。

「ひょっとして、一度も使ってないんじゃないですか」

共有スペースにいたスギモトに訊ねると、当然のように断言する。

「キッチンなんて飾りだろ」

事実、普段彼が食べているのは、ジャンクフードばかりのようだ。こんな一等地に住んでいて財力があるのに、食事にお金をかけるという発想はないらしい。しかも早食い競争にでも出場するつもりなのか、いつも口いっぱいに頬張って丸呑みだ。

「野菜とかは、どうされてるんですか」

晴香が訊ねると、スギモトは「これだよ」と言って、テーブルのうえのハインツを迷わず指した。

「ケチャップ？　それは健康的ですね」

晴香は冗談だと思って笑い飛ばしたが、彼は大真面目な顔をしてこうつづける。

「パッケージにトマトの絵が描いてあるじゃないか」

信じられないことに、本気でケチャップを野菜だと主張しているようだった。イギリス人の食生活は、不評極まる。晴香はさんざん洗礼を受けてきたが、これほどひどい事例と出会うのははじめてだった。

「俺はフィッシュ・アンド・チップスを愛してるんだ。あんなにうまいものはこの世にないよ」

そんなわけあるまい。

フィッシュ・アンド・チップスとは、魚とじゃが芋の衣揚げを意味する、イギリス中どこの地域にも必ずある国民的ソウル・フードだ。しかし晴香にとっては、一生食べずに済ませられるならそうしたい食べ物ナンバーワンである。一番ひどかったのは、燻製されたタラを揚げたもので、干からびたゴムのような食感だった。ギトギトなのにパサパサという奇跡的な食べ物には違いないが、「あんなにうまいものはこの世にない」なんて社交辞令でも同意できない。

晴香はスギモトをぎゃふんと言わせるために、中華系移民が営んでいる近所のアジアンショップに飛んで行き、日本の米や調味料全般、さらに安売りになっていた干しシイタケを調達し、大型スーパーでタラ、サトイモ、ニンジンなどを入手した。手際よく筑前煮とタラのホイル焼きを完成させ、スギモトを呼び出す。

しかし食べはじめた彼の反応は薄かった。

「凝った料理だな」

「お口に合わないですか」

「いや、美味しいよ」

その直後、スギモトは筑前煮にケチャップをどばっとかけた。

「……なんで」

怯えながら訊ねる晴香に、平然と答える。

「こうすれば、もっと美味しくなる」

晴香は唖然としながら、これまでのことを思い出す。

料理好きなので学生寮ではよく和食をふるまったが、喜んでくれたのは、英国以外から集まった留学生ばかりだった。「うま味」という概念がないのか、きちんと調理された食事は、味が複雑すぎて疲れるのかもしれない。

「デザートでも食べに行くか」

スギモトは食事を終えると、外出する支度をはじめた。

〈猫とバイオリン〉という宮沢賢治風の名前のパブは、ベイカー・ストリートから一本入った路地裏にあった。

煉瓦造りの外観で、店内に入ると薄暗く、中央にカウンターがある。その内側では数名の店員たちが、せわしなくアルコール類を準備していた。そこにはウイスキーのボトルがずらりと置かれ、その手前にビールのラベルのついた注ぎ口が十以上も並ぶ。調度はどれも年季が入り、奥には趣あるピンボール台が備えられていた。

そんな〈猫とバイオリン〉の店内は、週末とあって繁盛していた。

イギリスのパブは、客がカウンターまで足を運んで酒を買う方式だ。各々にビールをテーブルまで持ち帰り、グループで輪になって立ったまま、あるいは椅子に腰を下ろして静かに談笑する。その穏やかな雰囲気のおかげで、晴香のように酒に強くなくても気持ちよく過ごせる場所だった。

スギモトはカウンター越しに、顔見知りらしき鼻ピアスをした店員の女の子と、他愛のない冗談を言いあったあと、晴香にはコーラを奢り、自分にはビールと、さらにフライドポテトを意味するチップスを注文した。

「ひょっとして、スギモトさんの言うデザートって」

「無論」

せっかく料理をふるまったのに「デザート」にチップスか。

やがて運ばれてきたチップスに、スギモトは酢をじゃぶじゃぶとかけたあと、盛大に塩をふった。そしてグラスいっぱいに注がれた泡の少ないビールを、そろりそろりと口に運んでいる。晴香はその様子を眺めながら、いつかこの味覚音痴が泣いて喜ぶ料理をつくってやるという誓いを立て、チップスをつまんだ。

ん、案外美味しいなこれは。

そう思いながらビネガーボトルを見つめていると、誰かがスギモトに声をかけてきた。

「あの、大英博物館のスギモトさんですよね？　一緒に写真を撮ってもいいですか」

見ると、晴香よりも年下らしい女の子二人が、スマホを片手に立っていた。

「もちろん」

「ありがとうございます！　あの、シャッター押してください」

遠慮のない態度でスマホを手渡された晴香は、笑顔で「オーケー」と応じた。キメポーズで彼女たちの肩を抱いているスギモトを、ファインダー越しに白い目で眺める。

「本当に、女好きでいらっしゃいますね」

彼女たちが去ってから晴香が言うと、スギモトは悪びれる風もなく答える。

「日ごろ美術品を扱っていて、美しい女が好きでなにが悪い？　それに昔からこんなにモテたわけじゃないさ。アジアの血が入ってるせいでいじめに遭ったこともあるし、周囲からはイギリス人としても日本人としても見做(みな)されない」

珍しくプライベートの話題になり、晴香は気になっていたことを質問する。

「お父上は、どんな仕事をなさってるんですか」

「ノッティング・ヒルで東洋美術専門の骨董店を営んでるよ」

　ロンドン西部にあるその地区は、骨董マニアにとっての聖地である。

　駅から近いポートベロー通り沿いに、「ロンドン屈指の蚤(のみ)の市」と言われるマーケットが毎週開催されるからだ。銀食器、時計、地図、カメラ、東西の織物といったさまざまな専門の露店が長い列をつくるだけでなく、数多(あまた)の老舗(しにせ)骨董店が軒を連ねる。

　イギリスでは、美術骨董品をめぐるテレビ番組が四六時中放送されている。骨董愛好家が多く、世界中の植民地からもたらされた秘宝が、世代を超えて大切にされてきた。だからこそ、修復士が育つ土壌がある。

　そんなアンティーク文化の中心地ともいえるポートベロー通りで、わけても有名なのがとある東洋美術専門の骨董店だ。

「まさか……倫敦堂(ロンドンどう)じゃないですよね？」

「ああ、そうだよ」

　チップスをつまみながら、こともなげにスギモトは答える。

「倫敦堂の店主といえば、ヨーロッパで東洋美術を扱う骨董商としては、右に出る者はいない『伝説の東洋美術商』じゃないですか！　ポートベローの蚤の市に店を出す業者の選定も行なってるくらいだって聞きましたよ。なるほど、いろいろなことが腑に落ちます」

　晴香はしみじみと肯く。

金持ちで頭脳明晰なうえに、父親が「伝説の東洋美術商」で、しかも本人からは真剣味が感じられないなんて――。

「私、だんだんスギモトさんのことが嫌いになってきました」

うっかり本音をこぼし、晴香は口元に手を当てる。

「は？　なんだ急に」

「すみません。でも非の打ちどころがなさすぎて……肩書は大英博物館のシニア・コンサバターなわけですし」

「君はまだなにも分かってないな」

スギモトはそう言って、鼻で笑った。「肩書なんて、破けやすくて手も汚れるバーガーの包み紙みたいなものだぞ」

晴香は面食らって「どうしてです」と訊ねる。

「うちにいる研究者は、組織のネームバリューにしょうもないプライドを持ち、それが社会のどんな役に立つのか、ろくに考えずに自分の専門を突き詰め、ラボや展示室といった狭い世界に安住している。でも俺はまったく真逆の考え方だ。肩書なんて逆に、しがらみを生むだけの邪魔ものでしかない。外に出て、いろんなやつらの話を聞き、価値の定まらない作品に触れるからこそ、誰も知らなかった事実に辿り着ける」

スギモトの目が知的に輝いた。なんやかんや軽口を叩きながら、この人は純粋に美術品や骨董が好きなんだな、と晴香は思う。同時に、足の引っ張り合いの横行する博物館組織のなかで、スギモトが実力を発揮しながらも、後ろ指をさされがちな理由が少し分かった気がした。

そのとき、テーブルに画面を上に向けて置いてあったスギモトのスマホがふるえた。画面にうつし出されたのは、美しい笑顔の女性だった。アンジェラと表示されている。やれやれこの男はいったい何人の女を相手にしているんだ。しかしスギモトの反応は意外なものだった。いつも女性のことは開けっぴろげなのに、着信を無視するどころか、黙ってスマホを隠したのだ。

「なに勝手に見てるんだ」

「いえ」

晴香が慌てて目を逸らすと、彼はすたすたと店を出て行った。

5

翌朝九時にフラットを出て、チューブの駅に向かう途中、街角のキオスクに並んだガーデイアン紙の見出しに、晴香はぎょっとした。

【破壊されたパルテノン・マーブルは石膏のレプリカ】

ミセス・ベルが釘を刺したのも虚しく、翌週の朝刊には大々的に報道されてしまったわけだ。

「スギモトさん、これ！」

「もう見た」

スギモトは欠伸を嚙み殺して言ったあと、「じゃあな」とバス停に向かっていった。それにしても、彼はなぜバスかタクシーでの通勤にこだわるのだろう。以前、満員電車が嫌だからと答えていたが、バスだってこの時間帯は混む。しかも渋滞すると大幅に遅れるので、地下鉄の方が絶対に便利なはずだ。

外は週末の陽気が嘘のように肌寒く、小雨だった。しかし大英博物館の正面玄関のまわりには、デモ隊やテレビ局をはじめとするメディアが群がっている。デモ隊が掲げるプラカードには【今こそすべての作品を返還するとき】【大泥棒博物館】といったスローガンが書かれていた。

それはまさしく、ここに来た多くの人が抱く感想のいくつかでもあった。よくもまぁこんなに世界中から奪ってきたものだ、という感心を超えた呆れと憤り。パルテノン・マーブルは、そんな感情をかきたてる象徴的対象でもあるのだ。

日本でも報道されたらしく、晴香のスマホには、家族のライングループで【大英博物館でたいへんな事件が起こってるみたいだけど、大丈夫なの？】といったメッセージが届いた。

「今回の件は、盗難事件として警察の捜査に任せます」

ミセス・ベルは定例会議の際に、そう職員に伝えた。

だが、ラボで作業を進めるコンサバターたちは、日常的な業務をこなしながらも落ち着かない様子だ。

晴香も午前中は素描作品の修復に取り組んでいたが、集中力が散漫なのでデスクワークに切り替えた。仕事のメールの確認をする傍ら、今回の事件が気になって、インターネットで検索してしまう。改めてＳＮＳの投稿に目を通すと、あの来館者をうつした画像もあった。

晴香はすぐさまスギモトの個室に向かい、ドアをノックする。

「あの、ご報告したいことが」

彼は机のうえのファイルから顔を上げる。

「例の来館者のことです。今、彼の顔をちゃんと見たんですが、確信しました。私、前の職場で何度か彼と会ったことがあります。直接やりとりしたわけではないですし、なんの関係者かは分かりませんが」

「なるほど」

考え込むように顎を触ったあと、スギモトはファイルを閉じて立ち上がった。

「どこ行くんです？」

「収蔵庫だよ。じつはこっちも気になることがあってね。君も来てくれないか」

警備室の数十メートル先には、何重ものダイヤル式鍵を備えた鉄扉の、最高レベルの警備システムに守られた巨大な入り口がある。アシスタントである晴香のセキュリティカードでは、もちろんなかには入れない。

その先にあるのは、膨大な数のコレクションを収容する地下室だからだ。

人類の歴史そのものを凝縮した大英博物館の収蔵庫は、無限のようにつづく薄暗い廊下状になっている。晴香は研修で一度だけ訪れたとき、ここに全所蔵品の九十九パーセントが眠っていると知り、度肝を抜かれた。

すなわち、展示室で来館者の目に触れるコレクションは、ほんの一パーセントなのだ。収蔵庫には、ギリシャとローマの作品だけでも九万点が保管される。しかもその多くが小品ではなく、展示室に収まりきらない巨大なものだ。地下の奥底へとつづく収蔵庫が、どれほどの総面積を持つか、想像しただけで気が遠くなる。

温湿度が一定に保たれた、防腐剤の匂いの漂う地下室の廊下を、スギモトはずんずん奥へと進み、右へ左へと曲がっては扉を押し開けていく。もしここで彼とはぐれてしまったら、二度と地上には戻れないかもしれない。

「ところで、収蔵庫に行ってなにをなさるんです？」

ミセス・ベルに報告するために、晴香は訊ねる。

「もう少し情報を共有してもらえれば、作業効率も上がるかもしれませんよ」

彼の横顔を覗き込むと、肌寒いくらいなのに、なぜか彼の額には汗が光っていた。しかも鳥肌が立ち、呼吸も荒い。

「ど、どうなさったんですか」

スギモトは小声で「地下恐怖症なんだ」と呟いた。

「なんです、その地下恐怖症って？」

耳慣れない病名に信憑性を疑うが、極端に青ざめていて深刻さは伝わる。

「医者によると、閉所恐怖症の一種らしい。エレベーターや車のなかが怖いというのと同じで、地下の狭い通路や密室にいると死ぬほど不安になる。つまりこの迷路のような収蔵庫は

「――」

スギモトはそこまで言うと、口元を手で押さえた。

「大丈夫ですか！　ひょっとして、地下が怖いから私を呼んだとか？」

「いや、そういうわけじゃない。俺だけ仕事して、助手がなにもしないなんておかしいだろ？」

そう言いながらも、彼の様子は尋常ではなかった。なるほど、だから地下鉄には乗らないのだな、と晴香は腑に落ちる。完全無欠な人に見えて、そんな弱点を抱えているとは。トラウマとなる出来事が過去にあったのだろうか。

幸い、それ以上症状が悪化する前に、二人は広々としたギリシャ彫刻の部屋に辿り着くことができた。そこには平たいラッシングベルトで固定された、数々の巨大なギリシャ彫刻が、スペースを奪い合うように並んでいた。

「おや、君たちか」

彫刻群の隙間から顔を出したのは、イアンだった。

「今回の事件で、気になることがあってね」とスギモトは答える。

「なるほど。僕もメディアから取材や抗議の集中砲火に遭っているものだから、考えをまとめるために資料を整理してるんだよ。それにしても、この先の捜査は警察に任せるって言われたのに、君はなにを調べるつもりなんだ」

しかしスギモトは答えず、新たな質問を重ねる。

「3Dスキャニングのプロジェクトで使ったコンピューターはどれだ」

「それだけど」

イアンが指さしたコンピューターの前に座ると、スギモトは「ちょっと借りるよ」と言って起動ボタンを押した。

大英博物館では近年、パルテノン・マーブルを含めた収蔵品を3Dスキャンするというプロジェクトが進行している。3Dスキャンの技術は、文化財保存の分野でもめざましい発展を遂げてきた。もの自体が経年劣化する前に、今の姿をまるごとスキャンしてデータ化できるためだ。

しかし言い換えれば、データと3Dプリンターさえあれば、誰でもまったく同じレプリカを作成できるということでもある。そのため真贋や著作権といった問題から、賛否の分かれるプロジェクトでもあった。

スギモトがコンピューターに向かっている傍らで、晴香はパルテノン・マーブルに関する資料に目を通しながら、同じ空間で仕事をしているイアンの様子が気になっていた。彼の顔つきは以前よりも疲れが滲んでいる。

「お手伝いしますよ」

晴香はイアンが数台運んでいる、大量のファイルをのせたカートのうちの一台を押す。

「ありがとう」

「あの、私が言うことじゃないかもしれないんですけど、無理しないでくださいね」

イアンはふっと表情をゆるめた。

「今回の事件は、すべての対応が後手に回っているんだ。それもこれも、予算削減を原因とするおざなりな管理体制や警備システムのせいでね。そして問題が起きれば、今回みたいに現場にいるスタッフに全部しわ寄せがいく。ワシントンに貸し出す極秘計画だって、言い出した人間は知らぬ存ぜぬで、責任を負おうとはしない」

そのときイアンのスマホが鳴ったが、彼は確認もせずに切ってしまった。

「いいんですか？」

イアンは肯く。

「どうせ僕や大英博物館を誹謗中傷したい連中か、書くことをすでに決めた結論ありきの記者だろうから。お前らはギリシャの人々を欺き、金儲けをしただけでなく、作品を危険に晒したって。電話に出てしまえば、さも僕から話を聞いたかのように好き勝手に書かれてしまう」

「ひどい話ですね……でもどうやってイアンさんの番号を？」

「どこかから漏れたみたいでね。早く変えたいけれど、今はそんな余裕もないし。昨日は脅迫めいた電話もかかってきた」

「脅迫？」

晴香は憤りをおぼえ、顔をしかめる。

「この仕事をしていて、まさか命の危険を感じるとは思わなかったよ」と言って、イアンは自嘲気味に笑った。「でも今僕がこの立場から離れるわけにはいかない。パルテノン・マーブルや大英博物館を守る義務があるからね」

イアンの誠実な言葉を聞いて、彼が自ら捜査に加わりたいと名乗り出ていた姿を思い出す。作品の無事を誰よりも案じているからこそ、過度のストレスがかかった状況でも「守る義務がある」と強く言えるのだろう。しかし担当キュレーターであるというだけで、負うべき以上の責任がイアンの背中に負わされているように感じた。

「それにしても、ただの美術品がここまで人々の神経を逆撫でするなんて、想像を超えてました」

「君はなぜギリシャの至宝が、イギリスにあるのか知っている？」

イアンに訊ねられ、晴香は肯く。

「エルギン伯爵というイギリスの貴族が、アテネから彫刻群を持ち帰り、大英博物館にそれを寄贈したということくらいなら」

「そうだね。エルギンは外交官で、上院議員でもあったエリートだけれど、パルテノン・マーブルを略奪するという蛮行によって、自らの身を滅ぼした人物でもあるんだ。彼の名にちなんで、彫刻群は『エルギン・マーブル』という別名を持つ。この手記を読めば、いかにギリシャの至宝が持ち去られたかが分かるよ。ちなみに、『ミネルヴァの神殿』というのは、当時のパルテノン神殿の呼び名だ」

手渡された古い文書に、晴香は目を通す。

一八〇二年一月　アテネ

親愛なる友よ。

私がアテネで目にしたことを伝えたら、君はなんと言うだろう？

本来エルギン伯爵の命でアテネに招喚された目的は、ミネルヴァの神殿の特徴を写生図に記録することだった。英国一の風景画家ターナーが来る予定だったというが、急きょ私が代理を務めることになったのだ。イタリア人の画家である私は、ローマにある彫刻はすべてギリシャの模倣だと知り、以前から実物を見るチャンスを探していた。だからすぐに承諾した。

ミネルヴァの神殿は、写生するほど新たな発見がある、素晴らしい芸術だった。地上から人が見上げたときに、もっとも荘厳に見えるよう微調整がなされている。たとえば、列柱の傾きや床の隆起には精巧な工夫があるし、単なる円柱のようでも、直線ではなくゆるやかな膨らみ——いわゆるエンタシスが見られる。

そして私は確信した。

ミネルヴァの神殿は、全体でひとつの芸術を成しているのだ、と。

ギリシャの人々にとって、神殿は外側から鑑賞するために設計された、ひとつの彫刻だった。そこは神が住む場所であり、人々はなかに入ることを禁じられた。信者がなかで祈りを捧げるキリスト教の聖堂とは、本質的に異なる特性があったのだ。

だからこそ、神殿はアテネという周囲の環境とも調和している。他の場所に運んでしまっては、その本質が失われてしまうというわけだ。部分は全体に、全体は部分に影響するのだということを、私は写生をしながら身をもって学んだ。

そして数千年も前に、そのことを鋭く理解していた古代ギリシャの人々、とくに総監督を務めた、稀代の建築家であり彫刻家のフェイディアスと、彼の才能に惜しみなく投資した民主政の父ペリクレスに、私は畏怖の念を抱いた。

ところが、作業が進むにつれ、指揮をとっていた若いイギリス人牧師が、私の感動を踏みにじるような提案をはじめた。ギリシャ語に堪能な牧師は、神殿の外側にあるメトープと内側を飾るフリーズを、なんとかイギリスに持ち帰りたいと言い出したのだ。

このまま残しておけば、すぐに誰かに破壊される。私たちが持ち出すことで、これらを守るんだ。スルタンからの勅令もある、と牧師は主張した。

だが、私は断言する。

このときの牧師を突き動かしていたのは、型をとると最初に説明していた理性的な正義感ではなく、目の前の宝をただ奪いたいという動物的な欲望でしかなかった。

まもなく船大工と水夫が新しく雇われたが、全員が美術品とただの岩の違いも分からない粗野な連中だった。彼らは巻き上げロープを用いて、メトープをつぎつぎと取り外していった。それらが不安定なロープで宙吊りになっていたときの、私の憤りを君は想像できるだろうか。

傍若無人な取り外し作業の最中に、いくつかは無残にも落下して粉々になった。当然アテネの市民たちは抗議したが、牧師は耳を貸さなかった。列強はすべてを破壊し、持ち去っていいのか。こんな蛮行を働いたところで、祖国の人々からは後ろ指をさされるだけではないかと訊ねると、牧師はこう答えた。

きっと多くのイギリス国民から感謝されるはずだ、と。


「言い訳しようのない略奪ですね」

晴香はその直筆の手紙から顔を上げた。一字一句から滲み出る怒りに、胸が締めつけられる。

「その通りだよ。他の資料に当たると、例の『勅令』というのも当時ギリシャを支配していたトルコによるものだったうえ、当てにならなかったという説が有力でね。たしかに石の欠片や像を持ち去ってもよいという記述はあるけれど、地面に落ちているか放置されているものに限るという注釈付きだった。

しかも略奪したパルテノン・マーブルをのせた船は、イギリスに向かう前に、ギリシャの海底に一度沈んだんだ。すべての彫刻が引き揚げられ、ロンドンに到着したのは出航から十年近く経ってからだった。

やがて牧師たちを雇ったエルギンの運命も大きく変わる。輸送費や保管料など、彫刻群は多額の借金を彼にもたらしただけではなく、エルギンはその後三年のあいだフランス軍の捕虜になり、梅毒にかかって鼻を失い妻とも離婚して、一生蛮行を責めつづけられながら亡くなった。持ち主を失ったパルテノン・マーブルは、そうして大英博物館に引き取られたんだ」

「壮絶な経緯ですね……まるでギリシャの神々に呪われてしまったみたい」

イアンは肯くと、晴香の方に向き直った。

「そうだ、いいものを見せてあげよう」

彼は廊下に出ると、となりの部屋の棚に仕舞い込まれていた、各辺数十センチほどの箱を手に取った。

「本当に驚くのは、この箱のなかを見てからだ」

箱を開けると、錆（さ）びついた古い数本のヘラと、茶筅（ちゃせん）のような取っ手付きの金属製ブラシが入っていた。

「これって、ひょっとして——」

「ああ、これは、一九三〇年代にパルテノン・マーブルを『理想の白さ』に近づけるために使用された道具だよ。この道具によって、彫刻群は本来鮮やかな色彩を持っていたことを示す証拠を完全に失ってしまった」

晴香は箱を受け取り、ため息を漏らす。

「以前に聞いたことはありましたが、実際に見ると生々しいですね」

「ああ、この道具で『洗浄』を主導したのは、他ならぬ大英博物館だった。それなのにこの博物館は、今じゃその色彩を再現するプロジェクトを何食わぬ顔で進め、寄付金を外部から募っているんだから、すごいもんだよ」

イアンは言い、別の手記を晴香に手渡した。

一九三八年八月　ロンドン

これは告発文である。

パルテノン神殿の大理石彫刻に色彩が施されていたことを、私は実物を見るまで知らなかった。だから美大の先輩から紹介された「洗浄」の仕事も、いい金になるということで参加を即決した。

現場監督だと名乗る男は明らかに常習的飲酒者であり、同席したデュヴィーン卿も具合が悪そうだった。あとから分かった事実として、デュヴィーン卿はすでに癌を患い、余命宣告を受けていたという。

連れて行かれた地下室には、質量ともに見たことのないようなギリシャ彫刻があった。

現在それらのための特設室を建設中で、イギリス国民にお披露目するに際して「洗浄」する必要があると二人は言った。

たしかに公害が深刻化するロンドンでは、野外にある大理石彫刻は茶色がかって汚れている。ギリシャ彫刻の汚れも、紫外線と大気汚染によるものだと説明され、私たちは「洗浄」作業を進めた。

だが、削るにつれて、単なる汚れではないことに気がつきはじめた。赤、青、緑といった色の変化が、肉眼でも確認できたからだ。よく考えれば、ロンドンに比べればアテネの空気はきれいなはずだ。地中海の明るい日射しのもとで見れば、これは汚れではなく、色彩豊かな装飾だったのではないか。

数ヶ月にわたる作業を終える頃、疑いは確信に変わっていた。

私はもう、ギリシャ彫刻は白かったという歪んだ先入観で、人々を騙すのは御免だ。

6

それから間もなく、イアンはミセス・ベルに呼び出されて席を外した。一方、スギモトも地下を行き来したことで消耗したらしく、ラボに戻ってからは個室にこもり、事件に関係のなさそうなユーチューブを鑑賞するばかりだった。

夕方、晴香が別の仕事でグレートコートを通り過ぎると、地上階を担当している女性監視員と、スギモトが楽しそうに談笑している姿も見かけた。気になることがあると言っておきながら、結局もう問題解決するつもりはないのだろうか。

晴香も作業が捗(はかど)らず、十八時には仕事を切り上げた。

緯度が高いロンドンでは、空はまだまだ明るい。通用口から出た晴香は、見頃を迎えたブリティッシュ・ガーデンから漂う、初夏のロンドンの空気をいっぱいに吸い込んだせいで、ふたたび鼻が詰まる。

それにしても、大英博物館がパルテノン・マーブルをひどい方法で略奪し、ギリシャ彫刻は白くあるべきという固定観念に基づいて色彩をこそぎ落としたという事実は、専門家のあいだでは有名だ。

しかし実際に、当時の手紙や告発文を目にすると、重みが全然違った。

晴香はチューブの最寄り駅まで歩き、改札をくぐってホームに向かう。

ロンドンのチューブは老朽化が進んでいる。ひっきりなしに金切り音が耳をつんざき、空調もほとんど効いておらず、空気は澱(よど)んで汗ばむほどの温度になる。通勤ラッシュの混雑したホームの先頭に、一人の男性を見つけた。

イアンである。

彼はじっと目の前の線路を、うつろに見つめている。さっき収蔵庫でパルテノン・マーブルの秘密を教えてくれたときも疲れた様子だったが、そのとき以上に生気を失っていることが遠目からでも分かった。

つぎの瞬間、まるで吸い込まれるように、イアンが線路の方に落ちていった。足元の安定を失い誤って落ちてしまったのか、自ら線路に飛び降りたのか、人混みから伸びた何者かの手がその背中を押したのか、よく分からない。

だが線路を見ると、たしかにイアンが倒れている。

「嘘！」

晴香は慌てて駆け寄り、彼を助け出そうと意を決して、自らも線路に飛び降りようとした。しかしその直後、ホームにアナウンスが響いた。まもなく電車が来てしまう。晴香が躊躇したその刹那、となりで聞き憶えのある女性の声がした。

「私に任せて！」

影が視界を横切った。

線路の方を見ると、初老の女性が飛び降りていた。悲鳴が上がった。誰かが「非常停止ボタン！」と叫ぶ。

真っ先にイアンを救出に行った女性は、大英博物館のルーム5の門番だと紹介された元司書のボランティア、マリアだった。しかしいくら空手の黒帯といっても、倒れている男性を持ち上げるなんてできるのか——そう思ったとき、マリアは軽々とイアンの身体を抱き上げた。

感心する余裕もなく、線路の向こうから光が射す。電車が近づく振動を、これほど大きく感じたことはない。

運転手がブレーキをかけたらしく、空気を切り裂くような鋭い音が響き渡った。だが車体はなお、ものすごいスピードで近づいてくる。晴香は周囲の数人と力を合わせて、イアンとマリアを引っ張り上げた。

目の前を電車がかすめたのは、二人がホームのうえに身を横たえ終えた、ほんの数秒後のことだった。あっというまの出来事に、晴香はその場にへたり込む。さすがのマリアも汗だくになり、イアンも茫然自失の状態だった。

まもなく駅員が救護にやって来たが、二人に大きな怪我がないのを確認すると、日本では考えられないくらいあっさりと「これからは気をつけてください」と注意だけして去って行った。

ホームは日常を取り戻した。

「本当に申し訳なかった。みんなを危険に晒してしまって」

イアンは力なく言い、深々と頭を下げた。

「なにがあったんです？」

「いや、僕にも分からない……背中に衝撃を受けて、気がついたら線路のうえにいたんだ。マリア、本当にありがとう。君がいなかったら僕の命はなかったよ」

「いいのよ、本当に大丈夫なの？　様子がへんよ」

マリアが訊ねると、イアンは目を逸らした。

「じつは……解雇されるらしい」

「あなたが？」

イアンは肯く。

晴香はぎゅっと拳を握り、マリアと顔を見合わせた。

「どうして？　なんの責任もないじゃない！」とマリアは憤った声で言う。

「仕方ないさ。どうせ僕たちは、贖罪の山羊（スケープゴート）だから」

晴香はイアンをタクシーに乗せて見送り、マリアとも別れた。しかしすぐにフラットに戻る気にはなれなかった。どうせスギモトがいないと、なかには入れないのだ。夜風に当たって暗い気持ちをなんとかしよう、と夜道を歩いて帰ることにした。

それにしても、イアンのことが心配でならない。

誰かが彼を突き落としたのだとしたら。イアンは脅迫されていると言っていたし、ワシントンへの貸し出しについても、彼だけが抱え込んでいる秘密がまだあるとすれば。

しかもマリア曰く、イアンはここ数年ずっと、3Dスキャンのプロジェクトに力を入れていたが、研究論文も流れてしまったという。スギモトの言う通り、世界最古の博物館なんてイメージはバーガーの包み紙と同じくらい、簡単に剝がれ落ちる上面（うわつら）だけのものなのかもしれない。

いくら歩いても、気持ちは晴れなかった。

リージェンツ・パークの角に着いたとき、スマホがふるえた。

【ベイカー・ストリートの名探偵はいつ生まれた？　四桁で答えろ】

スギモトからのメッセージだった。

急になんだろう。仕事の指示だろうか。晴香は面食らいつつも、立ち止まって真剣に考え込む。ベイカー・ストリートの名探偵といえば、一人しかいない。シャーロック・ホームズだ。そして四桁なら誕生日を指すのではないか。

さっそくホームズの誕生日をネットで調べてみるが、作者コナン・ドイルは作中で生年月日に言及してはおらず、なかなか答えが出てこない。というか、この質問の目的はなんだろう。すると返信をしないうちに、つぎのメッセージが届いた。

【ドアの脇】

晴香はぴんと来た。

ひょっとして、鍵の場所を教えてくれているのでは。

思った通り、フラットに着いて入口を確認すると、玄関扉の右側に十センチにも満たない大きさの四角い蓋(ふた)があった。蓋を開けると、数字を打ち込める小さなパネルが現れた。なるほど、ここに打ち込むわけだな。しかし肝心の、ホームズの誕生日が分からない。

いや、待てよ。四桁だからといって、誕生日とは限らない。年号もまた四桁である。

「分かった、『緋色の研究』の出版年だ」

晴香はさっそくスマホで調べ、1887と押してみる。見事に手ごたえがあった。カバーの内側には、合鍵が保管されていた。それにしても、自分の留守中には外にいろと厳しく言いつけたくせに、じつは合鍵を準備してくれていたなんて、優しい一面もあるのだなと晴香は見直す。

「無事に入れたんだな」

深夜近くに帰ってきたスギモトは、晴香を見てにやりと笑った。

「時間は要しましたが」

「あの番号は、俺が住む前からずっと同じなんだ。ベイカー・ストリートにちなんだ番号を親族がつけたみたいでね」

「なるほど。先に入らせてくださって、ありがとうございました」

「礼を言いたいのはこっちだよ。君があの男の顔を憶えていたおかげで、いろいろと謎が解けた」

「謎が解けた？　ていうか、どこに行ってたんですか」

この時間帯に帰ってきた割に、スギモトからは酒の臭いがしない。彼は質問に答えず、自室に戻って行く。仕方なく階段を上がろうとすると、「言い忘れたが、明朝会いに行きたい相手がいるからよろしく」と部屋のドアから顔だけ出して、彼は言った。

「誰です？」

「あのパルテノン・マーブルを、大理石から石膏にすり替えた張本人、あの来館者に決まってるだろ」

「え！　それっていったい――」

スギモトは自信たっぷりにほほ笑むと、晴香に疑問を挟む隙も与えないまま、ふたたびドアをばたんと閉めた。

7

翌朝二人が向かったのは、テムズ川沿い、ロンドン橋の側に位置するバラ・マーケットだった。観光客よりもオフィスワーカーの方が目立つその市場では、多国籍な食材店が軒を連ね、乳製品から海鮮までさまざまな商品が並んでいる。天井はガラス張りなので、霧雨も気にならない。

スギモトが迷いなく向かった先は、一軒のギリシャ料理店だった。そこでは一人の男がケバブによく似たギリシャ料理、ギロピタを売っていた。パルテノン・マーブルに自撮り棒をぶつけた、あのギリシャ人の来館者である。

「花粉症はいつからかな」

スギモトが声をかけると、男は「なんですか」と訊き返した。

「大英博物館で事件を起こしたときは、もう花粉症だったみたいだね」

数秒ほどまっすぐスギモトを見たつぎの瞬間、男は手に持っていたギロピタを放り出すと、一目散に店の奥へと駆け出した。

店主だろうか、ギリシャ語でなにか叫ぶのが聞こえた。男は店の裏側から、バラ・マーケットの出口めがけて逃げようとする。通行人とぶつかり、店のものを落とすたび、悲鳴が上がる。

「おい、待て！」

スギモトはその男を追いかけ、晴香もあとにつづく。が、気がつくと一人で走っていた。不安になってふり返ると、息切れしているスギモトから「捕まえてくれ！」という指示があった。晴香は元陸上部員として日々ランニングしているおかげで、テムズ川沿いの袋小路まで、男を追いつめることができた。でもどうしよう、スギモトが遅い。

「やっぱり君だね」

ようやく現れたスギモトは、肩を上下させながら途切れがちに言う。

「あの日、君はモニターで見ても分かるくらい、鼻をこすったりくしゃみを連発したり典型的な花粉症の症状があった。それで、もう一度冷静に考えてみたんだ。観光客のような一時滞在者の場合、せいぜい一週間くらいしかロンドンにいないから、滅多に花粉症は発症しないんじゃないかって。ロンドンで花粉症に悩まされるには、少なくとも数ヶ月は滞在しないといけない。つまり君は、わざと観光客を装っていたことになる」

男はなんの感情も示さず、無言を貫く。

スギモトは深呼吸して、こうつづける。

「しらばっくれても無駄だよ。君を疑うべき要素は他にもあるんだ。別の違和感を抱いたのは、粉々になった彫刻を見たときだった。あの石膏は、特殊な3Dスキャナーで複製されていた。その証拠に、従来のアナログな型取り方法で生じるつなぎ目の線が、一切入っていなかった。それで3Dスキャナーの業者を調べたところ、君が三ヶ月前までロンドンにある専門メーカーにエンジニアとして勤務していたと分かった。そのメーカーは大英博物館から依頼されて、パルテノン・マーブルの複製プロジェクトに関わっていた。だからあの作品のレプリカを君がつくることは簡単だったはずだ」

晴香はやっと昨日のスギモトの行動に納得がいった。

「うちの職員が君の素性に気づかなかったのは、君が様変わりしたのと、大英博物館のプロジェクトに直接関わったわけではなかったからだ。だが、ここにいる僕の助手は偶然、別のプロジェクトに関わる君を見かけていた」

スギモトは晴香の方を見て、ウィンクをした。

「俺は、なにも知らない」

ずっと黙っていた男が、ようやく口を開いた。

「とぼけても無駄さ。君には、これから答えてもらわなきゃならないことが山ほどあるんだ。まず、目的はなんだ？　金儲けなら、石膏にすり替えることに成功した彫刻を、わざわざ破壊して公に知らせる必要はない。そのまま逃げおおせた方が利口だ。なぜあんな真似をした？　あのときパルテノン・ギャラリーを担当していた監視員から聞いたが、君は最後の瞬間に笑っていたらしいな？　その笑顔の意味はなんだったんだ」

男はギリシャ語らしき呟きを挟んだあと、拳を握りしめながら低い声で言った。

「……あれは、ギリシャにあるべきだ」

「不法に持ち出したのか」

「不法？　それはあんたらの方だろう！　あんたらの搾取や差別が、この状況を生んだんだ」

そのとき、パトカーの音が遠くから聞こえた。

「警察を呼んだのか」

男はスギモトの方を睨んだ。

「ああ。さっきロンドン警視庁に通報しておいたんだ。詳しいことは、警察署でしっかり話してくれ」

まもなく男は連行された。これで作品を盗み出した犯人が分かったわけだが、作品の在り処は依然として不明なままだ。パトカーを見送るスギモトの横顔も、釈然としていない様子だった。

「それにしても、君は足が速いな」
「スギモトさんは……一緒にランニングしますか?」
「いや、追いかけっこは君に任せるよ」

BBCが昨夜の報道番組で、パルテノン・マーブルの返還問題について大きく取り上げたせいか、大英博物館の正面口では、午後になってもデモ隊の減る気配はなく、むしろ増加しているほどだった。

プラカードを掲げるデモ隊は、こちらに対して敵意をあらわにしていた。テムズ川沿いでギリシャ人の男が言っていたことが、ふいに晴香の脳裏によぎる。

——あんたらの搾取や差別が、この状況を生んだんだ。

ロンドンでは、三人に一人が国外での出生者である。だから市民たちは、多様性を受け入れながら認め合っているのだと、少なくとも晴香は思っていた。しかしデモ隊がこちらを見る目は、まったく違った。お前はそちら側の人間だと決めつける目である。彼らと自分のあいだには、高くて分厚い壁が存在した。

スタッフのストレスや不安は限界に達している。また大英博物館自体が、なんらかの声明発表を迫られており、とりあえず夕刻に記者を集めて、会見をする予定が組まれた。スギモトは事件の経緯と現状を説明するという、重要な役割を任されたらしい。

晴香はその準備を手伝うが、本人は想定される質疑応答のリストにも目を通さず、頬杖をついて窓の外ばかり見つめている。彼のスマホが鳴り響いたとき、時刻は会見まであと三十分に迫っていた。

通話を切るなり、スギモトは「よかった、よかった」と席を立った。

「誰からの電話ですか」

「マリアだよ。彼女は祖父母の代から三代つづく大英博物館の守護神(ガーディアン)でね。およそ百年にわたって、この博物館を守ってきた家系だからこそ、館内の誰よりもこの迷宮を熟知している。彼女のおかげでなんとか解決だ」

「待ってください、解決って？」

「その前に、確かめなくちゃいけないことがある。君も証人として同行してほしい」

詳しい状況を晴香に明かさないまま、スギモトは部屋を出て行く。

非常階段を上り、重たいドアを開けると屋上に出た。

そこには先客として、一人の男性が待っていた。

「待たせて悪いな、イアン」

金融系の高層ビル群を背後にして、イアンは訊ねる。

「何事だ？　プレス発表の準備はいいのか」

「世間に真相を知らせる前に、どうしても君に確かめたいことがあってね」

「デスクで話してくれたらよかったのに」

「誰かに聞かれて困るのは、君の方なんじゃないのかな？　今回の事件を仕組んだのは、他ならぬ君だからね」

晴香は耳を疑った。

「おいおい、冗談だろ」とイアンは頭に手をやって苦笑する。

「大真面目さ、ちゃんと証拠もある」

そう言って、スギモトはスマホの画面を掲げた。うつっていたのは、イアンと例のギリシャ人男性のツーショットだった。

「どこで入手した？」

「たった今ロンドン警視庁に協力を仰いで、君が過去に削除したＳＮＳのページにアクセスした」

「……だからって僕が今回のことを計画したとは限らないだろう？　偶然知り合いだっただけだとすれば——」

イアンの言葉を遮り、スギモトはつづける。

「なるほど、偶然ね。なぜあの男を観光客だと、みんなが信じてしまったのかがずっと引っかかっていた。手っ取り早く彼が長くロンドンに住んでいることを知る術があったはずだ。パスポートだよ。入国査証が貼られたパスポートを確認すれば、すぐに分かったはずだ。でも犯行があった日、あの男は観光客だと結論づけられた。なぜか？　ビザが偽造されていたか、あるいは、彼と直接やりとりした誰かが虚偽の報告をしたかだ。それで調べると、君が留学していたアテネの大学に、彼も同時期に在籍していたという、さらなる偶然に気がついた」

スギモトはそこまで話すと、深呼吸をした。

「たしかに3Dスキャンのプロジェクトに長く関わっていた君なら、展示された作品を細工することも、誰にも気がつかれずに大理石と石膏をすり替えることも、難しくはなかったはずだ。ワシントンに極秘で貸し出されるときが最高のチャンスだと考え、君は彼と手を組んで、犯行に及んだ。でも君のことだから、本物は館内のどこかに隠しているはずだと俺は踏んだ」

「なにを根拠に」

「君の目的はパルテノン・マーブルそのものじゃない。返還問題についての議論を今のように活発化させることだったんだろう？　もちろんマスコミに石膏だったという情報を流したのも君だ。だとすれば、作品を館外に持ち出して万が一傷がついてしまうことは、君の望みではないはずだ」

イアンは否定しなかった。

人々の怒りを買い、脅迫を受けてまで、無謀な計画を立てたイアンの覚悟は、どれほどのものだったのだろう。

スギモトは深いため息を吐いた。

「俺は君を糾弾したいわけじゃないんだ」

イアンは顔を上げ、スギモトの方を見た。

「むしろ助けたいと思っている。そしてそんな気持ちでいるのは、俺だけじゃない。他にも、同じように君を心配しているスタッフが、君のために地下の収蔵庫を隅々まで探してくれたよ」

「ひょっとして」とイアンは目を見開く。

「ああ、ボランティア解説員のマリアだ。彼女は館内のすべての隠し扉を把握している唯一の存在だ。これ以上騒ぎが大きくなって、君が危険な目に遭わないようにと協力してくれたんだ。警備責任者も君の身を案じて、快くマリアを地下に通してくれた。さっき彼らから

《ラピタイ人とケンタウロスの戦い》をきれいな状態で発見したという報告があったよ。本物が見つかった以上、君は盗難を企てたわけではないし、さほどの罪には問われないだろう。だから話してくれないか？」

イアンは深呼吸をしたあと、こちらに背を向けてロンドンの街並みを眺めた。

「……仕掛けたのは僕で、彼にはなんの責任もない。彼とロンドンで再会したとき、僕はすでに大英博物館を辞することになっていた。この無謀な計画を思いついたのも、パブで話を持ちかけたのも、全部僕の方だよ。ただ彼は協力してくれただけだ。聞けば、ギリシャに住んでいた彼の母親は、病院にも行けずに亡くなったらしい。医療を受けられずに死ぬことが、どれほど苦痛に満ちていて悲惨か。そして彼自身もそのとき、移民だという理由で真っ先に会社でリストラされることが決まっていた。国に戻れば、もっと不安定な生活が待っている。真面目で勤勉な彼がなぜ、そんな目に遭わなきゃいけない」

険しい表情をしたスギモトが「でも」と言う。

「ギリシャの経済問題は一国の責任じゃないし、複雑な事情が絡んでいるだろ？」

イアンはふり返り、スギモトを睨んだ。

「そんなことは、みんなが知っているさ。だからみんな、飢えた隣人を見て見ぬふりをしているんだ。無関心が一番の解決法だからね。僕にはそのどうにもならない現実を、パルテノン・マーブルが象徴しているような気がしてならなかったんだ。僕の両親は、ギリシャ系移民として苦労してきた。だから僕はこの仕事に就く前から、いや、幼少期からずっと、この世界の歪な構造に違和感を抱いていた。アカデミックな世界の窮屈なヒエラルキーでここまで頑張ってこられたのも、いつか上の立場になって、自分の手で、返還問題を解決したいという目標があったからだ」

イアンは握りしめていた拳をひらき、じっと眺めた。その手で摑もうとしたもの、あるいは、摑めなかった感触をふり返っているのか、しばらく黙り込んでいた。スギモトのスマホが鳴り響いたが、彼はじっとイアンを見守っている。

「スギモト、君はいかにも英国のエリート然と振る舞っているが、じつは僕と同じくこの不条理さに気がついているはずだ。そうじゃなければ、マリアのようなボランティアスタッフや、監視員たちから情報を集められるわけがないからね。彼らと同じ目線に立つことができるキュレーターやコンサバターは少ない。だから僕は君のことを以前から信頼していたし、君が捜査の指揮をとると決まったとき、いずれこの計画は君に見破られるだろうとも覚悟していたんだ」

スギモトは身じろぎもせず、イアンの話に耳を傾けている。

「大英博物館のコレクションのほとんどが略奪品で、ユネスコで採択された条約に引っかかるものばかりだ。そのうえ、その九十九パーセントがほとんど誰の目にも触れられないまま、収蔵庫という名の墓場に眠っている。コレクションは膨れ上がるばかりで、もはや保管する場所に困り果てているっていうのに、ばからしいと思わないか。ギリシャはイギリスから非公式に提示された条件に従って、パルテノン・マーブルを収容できる立派な美術館を新設したが、いっこうに交渉は進まない。もしあの傑作がギリシャにあれば、どれほどの雇用が生まれ、どれほどの人が救われると思う？　もうこんな蛮行は終わりにしなきゃいけない」

　スギモトはイアンの話を遮るように訊ねる。

「しかし君ほどのキュレーターだったら、なぜ公にそのことを主張しなかった？」

「したさ、当然ね」とイアンは頬を紅潮させた。「返還問題のあらましを論文にまとめて、ギリシャに返還すべきだと書いた。でもそれが上層部の目に入ったとたん、雇用を打ち切りたいと言われた。異分子は必ず握りつぶされるんだ」

　ロンドンの街並みに向かって、イアンは落ち着いた声でつづける。

「それは特定の人間による力じゃなくて、歴史やもっと大きな権力の問題だ。だから僕が論文の一本や二本を書いたところでなにも変わらない。パルテノン・マーブルは永遠にイギリスに囚われたままだろう。どうせクビになるんだったら、最後にひとつくらい置土産として、告発してやろうと思ったんだ。このずさんな警備システムとそれでもなおパルテノン・マーブルを守っていると主張する、大英博物館の欺瞞をね」

イアンはゆっくりと歩み寄り、スギモトの肩に手をのせて断言した。「だから、まったく後悔はしていない」

＊

快晴になった夏のロンドンは、驚異的なパワーを持つ。生きていることをまるごと祝福してくれるような、心地のいい空気と光に満たされるのだ。それは滅多に晴れないことの裏返しであり、世界中から刺激を求めて集まる人々の熱気のおかげでもある。

スーパーの袋を提げてフラットに戻った晴香に、スギモトが声をかけた。

「うまくまとまってたよ」

スギモトが手渡してきたのは、晴香がはじめてこのフラットに来た日に、スギモトがサングラスをかけてレーザーで修復していた、象牙のバスケットのレポートを印刷したものだった。そうしたレポートは、クライアントとのやりとりに不可欠で、修復士がどのようにその作品を直したのかを後世に伝える重要な資料にもなる。おかげで職場でも家でも仕事漬けの日々だったが、頑張った甲斐があったというものだ。

「このところ、仕上げなくちゃいけないレポートが溜まっていてね。いくつか英語の言い回しで変えた方がいい部分はあるが、それ以外はよくできてる。お疲れ様」

「ありがとうございます」

晴香はレポートを受け取る。

それにしても、この調子でスギモトの仕事を手伝っていたら、オンとオフの垣根なんてなくなるんじゃないか。たしかに刺激もあって勉強にもなるが、その先に幸せはあるのだろうかという不安がよぎる。といっても、まだスギモトの助手として正式に採用されたわけではないのだが。

「ところで、あの件なんですが――」

「試用期間のことか？　それなら、まだだ」

「左様ですか」と晴香は遠い目で答える。

「ただし君の記憶力については評価してやってもいい。パルテノン・マーブルのレポートもよろしく頼んだよ」

結局パルテノン・マーブルの事件は、３Ｄプリントされたものが本物と誤ってすり替わってしまっただけの、単なるスタッフの手違いであり、本物も無事に発見された、と世間に向けて発表された。さらにイアンを線路に突き落とした活動家も、ＳＮＳでの犯行声明から足がついて逮捕されたという。潮が引くように、館内でもその話題は忘れ去られつつある。

しかしここ数日、スギモトはぼんやりする時間が増えていた。屋上でイアンから指摘されたことが、彼の心に影響を及ぼしているのだろうか。もともと気だるそうな雰囲気のある人とはいえ、その度合いが増しているようだ。

晴香は少しでも彼の気持ちが明るくなればと、自分の部屋用に買ってきた香りのいいストックの花を、代わりに共有スペースのテーブルにそっと置いておいた。

「そうだ、気分転換に散歩にでも行きませんか？　またすぐに曇っちゃうかもしれないし、部屋にいたら勿体ないですよ」

「花粉症は？」

「薬を飲んだから、大丈夫です」

「そりゃよかったな。でも俺は、散歩はパスだ。たしかにすぐに曇るだろうからな」

仕方なく一人で出かけようとしたとき、ブザーが鳴った。

階段を下りてドアを開けると、見知らぬアジア系の女性が立っていた。堅い仕事に就いていそうな雰囲気で、肩まで伸ばした黒髪に、黒ぶちの眼鏡をかけている。そういえば、スギモトは女好きな割に、今まで一度もフラットに女性を連れ込んでいないなと晴香は思った。

「チャンと申します。ケント・スギモトはご在宅ですか」

「ええ」

「とつぜんすみませんが、直接彼とお話しできますか？　じつは彼のお父上のことで、お伝えしたいことがありまして」

すぐにスギモトを呼びに行くと、チャンは改まった調子で革鞄から名刺を出した。

「私は椙元氏の秘書をしているのですが、ここ一週間、椙元氏と連絡がまったくとれないんです。どんなに忙しくても、普段こんな風に一切電話がつながらなくなるなんてことのない方でしたから、心配になりまして」

晴香はスギモトと顔を見合わせる。

「でもうちに父はいませんよ」

チャンは肯き、深刻そうに言う。

「じつはどうしても気になることがあって」

「気になること？」

「最後に電話がかかってきたのは、一週間ほど前です。椙元氏とはその前から連絡のとれない日がつづいていたので、私は今どこにいるのか、また仕事に関する質問をしました。しかし彼はそれを遮るようにして『もし自分になにかあったら、息子に知らせてほしい』と、どこか切羽詰まった様子でここの住所をおっしゃったんです。なにか尋常ではない気がしたので、電話を切ってからもずっと気になっていました。しかも着信があったのは、普段使用している携帯番号ではなく、プリペイド式の見知らぬ電話番号からでした。何度かかけ直しましたが、もう破棄したのかつながりません。スマホの方も電源が入っていません」

詳しく話を聞くと、相元氏は普段使用しているラップトップを持ったまま失踪したという。チャンはその直前に相元氏が、どんな仕事をしていたのかも把握していないようだった。

「秘書といっても、私が請け負っていたのは基本的には経理関係のことだけです。お店に通っていたのも、月に数回でした。たいていの骨董商は、仕入れから売りまでを一括で行ないます。相手によって売るものも違えば、価格もまったく異なるのが骨董の世界ですからね。とくに相元氏は個人主義で、他のアシスタントにも必要最低限しか頼まず、小規模ながらすべて一人でやってらっしゃいました」

「警察には？」

「通報などはまだです。気まぐれで姿を消されたのかもしれませんし、ひとまずはご家族に知らせようと思いまして」

CONSERVATOR

コレクション2

和時計

時はさかのぼり、明治初期の銀座――。

夏の盛りを迎え、土埃の舞う大通りで、とあるイギリス人鉄道技師が、ハンカチで汗を押さえながらため息を吐いた。江戸情緒溢れる建物はつぎつぎに取り壊され、遠くの方には、煉瓦造りの街が建設されている。

「どうしましたか」

となりを歩く日本人のヤクニン（役人）が、拙い英語で訊ねた。ヤクニンは通訳として一日、技師のためにガイドをしてくれる予定だった。しかし技師は、東京に到着して早くも一ヶ月、蓄積した疲労のせいか、観光もあまり気乗りしない。

「どうして日本人は、自国の文化を大切にしないのですか？　私の祖国では、伝統的な街並みを守るために、建物はどれも国の保護下にあります。今の日本はなにも考えずに、昔ながらの建物を壊しすぎです。近代化の波に遅れないために、新しいものを取り入れる姿勢は理解できますが、なんでもかんでも更新すればいいというわけではありませんよ」

「はぁ」

ヤクニンはよく理解していなそうな顔で肯いた。

内容にぴんと来なかったのか、それとも英語が聞き取れなかったのか。

どうでもよくなった技師は諦めて、曖昧な笑みを浮かべた。

イギリス人技師は、鉄道技術を伝えるために日本政府から雇用された、いわゆる「お雇い外国人」の一人である。明治初期、江戸は国際都市東京へと、一日ごとにめまぐるしく変化を遂げていた。

しかし技師にとっては、独自の歩みのなかで守られてきたエキゾチックな江戸の文化が、躊躇なく壊されるのは残念でならなかった。一軒の古物店を通り過ぎようとしたとき、その店頭に並んでいた、あるものに技師は目を留める。

「これは、時計ですか」

技師はヤクニンに訊ねた。

見慣れた西洋時計とは、趣がかなり異なる。まず文字盤に記されているのは、数字ではなく、いわゆるチャイニーズ・キャラクター、この国のカンジだ。しかも形状にはひとつひとつ個性があり、柱時計のように背の高いものもあれば、シガレットケースほどの大きさの懐中時計もある。

なにより不思議な一点を、技師は手に取った。

文字盤が等間隔ではなく、偏って配されている。いや、これはひょっとして、文字盤が動くのではないだろうか。昔から時計いじりが好きで、工学的に美しい構造物を見ると夢中になってしまう技師は、すぐに心を奪われた。

「はい、時計です。でも役立たずです」

ヤクニンは、なぜ技師がその時計に興味を示しているのか、よく分からないといった表情で答えた。

「役立たず？　なぜです」

しかしヤクニンの説明は、要領を得なかった。

しばらく考えてから、技師は自力で理解する。

日本の暦は、欧米との統一を図るために、少し前に改暦がなされていた。おそらくこの時計は、江戸時代に使われていたものだ。改暦に伴い、時刻制度が変更されたため、無用の長物となったのだろう。買い求める者がいなくなったこれらの時計は、店頭の片隅に追いやられ、処分されるのを待つのみなのだ。

「この時計を買います」

技師が即座に告げると、ヤクニンは目を丸くした。

「店主を、呼んできます」

そうして店の奥から出てきたのは、気難しそうな顔をした老女だった。

老女は、技師が指さした高さ五十余センチの台形の時計と、技師とを交互に見比べた。日本人はみんな技師のことを大袈裟に避けたり、目を合わさなかったりしたが、この老女は珍しく正面から技師を見据え、なにやら分からないことを言った。

「なんと言ってるんですか」

「この時計は、壊れている、動かない、と」

たしかにゼンマイを巻いて耳を近づけても、まったく音がしない。

「つくった人がわざと止めたのだ、と店主は言っています」

技師の頭に、大きなクエスチョンマークが浮かんだ。

どうして職人は、ここまで精巧な一品を完成させたのに、そんなことをしたのか。しかしこの時計の美しさに心を奪われた技師にとって、動かないことはたいした問題ではなかった。動かなくても十分に、芸術的な品格を備えているからだ。

それにいつか、優秀な時計職人を見つけて、修理を依頼すればいい。

「買います」

ヤクニンも老女も、なぜ技師が断固としてその時計をイギリスに持ち帰るつもりでいるのか、まったく理解できていない様子だった。

技師はふと、彼ら日本人が本当に理解できていないのは、彼らが失おうとしているものの大きさではないかと思った。

1

チャンからひと通りの事情を聞いたあと、スギモトは鍵を受け取り、晴香を連れて骨董店に向かった。ノッティング・ヒル・ゲート駅付近でバスを降りると、予想通り青空は一変して、鉛色に塞がれていた。

「今頃、日本の温泉にいたりしてな」

「でも秘書のチャンさんにも行先を伝えないなんて、そんな無責任な方なんですか」

晴香が訊ねると、スギモトは平然と答える。

「誰にも知られず、突発的に休暇が欲しくなることはあるさ」

「思わせぶりな伝言を残して？」

彼は返事をする代わりに、お手上げだという感じで両手のひらを天に向けた。

小雨のぱらつく悪天候でも、骨董市はお祭りのような活気に満ちていた。スギモトは路地を入った一角にある、一見して住宅のような地味な建物の前で立ち止まる。そしてショーウインドウも看板もない、ただ呼び鈴の脇に「London Gallery」とだけ表記されているドアの鍵を開けた。

おもての喧騒とは対照的に、店内は静謐さに満ちていた。仏像や掛軸などがさりげなく配されているせいか、禅寺に迷い込んでしまったような錯覚をおぼえる。

「変わったところとか、あります？」

晴香は店内を見回しながら、スギモトに訊ねる。

「さぁ」

「さぁって」

「長いあいだ父とは疎遠だったんだ」

「同じ業界にいるのにですか」

「むしろ同じ業界にいるからこそ、意見が対立することもあるさ」

一階は骨董品が置かれた展示空間と奥で接客できるスペースに分かれ、後者には客に一服を点てられる炉の内蔵されたテーブルと茶道具が一式揃っていた。二階は事務所のようだが、パソコンの類は見当たらず、備えてあった防犯カメラの記録映像を再生しても、ここ一ヶ月は録画されていない。

「自ら失踪したとすると、ずいぶんと手の込んだ演出だな」

スギモトはしかめ面で言ったあと、デスクの引き出しを検分する。一番上の段に、白い封筒が仕舞われていた。おもて面を向けると「息子へ」と書かれていた。なかに入っていた紙を見て、スギモトはにやりと笑う。

「手紙ですか？」

「おそらく」

晴香が受け取った紙には、自らの尾を食べている蛇の図と、つぎのアルファベットの並びが書かれていた。

KRCBILHM

「なんですか、それ」

「なんだと思う」

どこか面白がるような口調で言われ、晴香は知恵をしぼる。

「Wi-Fiのパスワード……いや、飛行機の旅客番号……あとはホテルの予約番号とか、そういったところでしょうか？　だとしたら、お父上の行先の手がかりにはならなくもなさそうですけど、そこから探すのも大変そうですね」

腕を組んで答えると、スギモトは皮肉っぽく言う。

「君は想像力が本当に豊かだな」

「そう言うスギモトさんは、分かったんですか」

「一目見ただけでぴんと来たよ。これは、解いてくれと言わんばかりの初歩的な暗号だ。ウロボロスをつけるところも、絵画に隠された寓意(アトリビュート)の解読が好きな父らしい仕掛けだな」

スギモトのなつかしそうな様子からして、親子はかつても、暗号をお互いに出題し合っていたのかもしれない。

「ウロボロスって、自分の尾を飲み込む蛇のことでしたっけ」

「そうだ。古代ギリシャ語ではウーロボロスと言われ、アステカ、中国、アメリカなど、世界中のさまざまな文明で見受けられてきた。とくに西洋美術では、円環的な時間の流れを表現するシンボル、永遠や連続性を意味する。つまりくり返しだ」

「そのシンボルとこのアルファベットがどう関係するんですか」

「そう急(せ)かすな。アルファベットの暗号化は、文字列の数個前に戻るというシーザー暗号をはじめ、だいたい定式が決まっているものさ。今回はこのウロボロスがついているから、鍵となる単語はsnake、つまりS、N、A、K、Eをくり返すヴィジュネル暗号と分かる。わざわざ紙に書いて解くのは大変だから、ネット上のサイトに暗号文KRCBILHMを打ち込めば……ほら、答えが得られるわけだ」

晴香は説明されたことの半分も理解できない。

しかしスギモトは「詳しいことはあとで調べろ」と、質問をさしはさむ隙を与えずスマホの画面を掲げた。

「SECRETUM?」

「『秘密』を意味するラテン語だ」

「暗号の答えが『秘密』だなんて、思わせぶりですね。しかもどうしてラテン語にしたんでしょう」

「おそらく、そこが肝だろう。ラテン語のセクレタムは、大英博物館でかつて秘密裡に所蔵されていた、市民に非公開だった禁断のコレクションの名前だ。主には、過度に性的なものや同性愛など、キリスト教的に禁忌とされていたモチーフを扱っている文物が含まれた。それらは誰も入ることの許されない場所に隠され、王族によってのみ享受された。それがセクレタムだ」

「いわゆる禁書ですね」

晴香は少し考えてから、「でもその禁断のコレクションと父上の失踪とが、どう関係するんでしょう」とやはり首を傾げる。

しばらく書斎を調べたところ、整理されないままのデスクには、葛飾北斎による浮世絵の傑作「冨嶽三十六景」シリーズのひとつ《神奈川沖浪裏》、英名《グレート・ウェーブ》に関する資料やファイルが山積みになっていた。

砕ける瞬間の波濤のはるか向こうに、富士山が悠然と佇むイメージは、《モナ・リザ》に並ぶ知名度といっても過言ではない。しかしその浮世絵は、この店に並ぶ玄人向けの仏像ややきものに比べると、あまりにもポピュラーだった。

「このお店では、浮世絵も扱っていたんですか」

「いや、浮世絵を目にしたことはほとんどない」

夕方、晴香がスーパーから帰ってくると、スギモトもフラットに戻ってきた。彼は三階の共有スペースで、セクレタムについて調べはじめ、晴香はキッチンで買ってきたものを整理する。

「警察はどうでした？」

「暗号を残したということは、事件に巻き込まれた可能性は低いだろうって、まともにとり合ってもらえなかったよ。家賃も支払われているなら関与する理由はないって。予想した通りだが」

「人一人いなくなったのに、ですか」

「イギリスには失踪する人間が大勢いる。日本と比べても、総人口はその二分の一に満たないのに、とつぜん姿を消す者の年間数は二倍に届く」

「そんなに多いんですか。でも言われてみれば、街のあちこちに行方不明者の情報を求める張り紙が目に付きますね」

スギモトは肯き、ファイルに視線を戻す。

「当然すべてのケースを捜査する余裕は警察にない。だから非営利団体のデータベースに名前を加えてもらうくらいしか手立てはないんだよ」

「なるほど、ロンドンは治安がいいとは言えないですしね。そういえば、スギモトさんってロンドン警視庁に知り合いがいるっておっしゃってましたよね？　その人にお願いしてみれば、力になってもらえるんじゃないですか」

「その件は忘れろ」

スギモトは面倒くさそうに手をふったあと、「ところで、なにを買い込んできたんだ」とキッチンにあるオレンジ色のスーパーの袋を指す。

「父上を探すなら、まずは体力をつけなくちゃだめですからね。食はすべての源です。今晩はいつもより豪華にいきますよ」

「ずいぶん張り切ってるな」

最初に筑前煮をふるまって完敗した晴香は、今度こそスギモトが唸るような料理をつくろうと、ひそかに意気込んでいた。あのあと肉じゃがや角煮など、得意の和食メニューをふるまったが、いずれも似たような反応だったため、今回はイギリス人が好みそうな路線に寄せて、揚げ物にチャレンジすることにしたのだ。

最初は唐揚げを思いついたが、醤油の味が好きではないようだし、ちょうどスーパーで天ぷら粉を見つけたので、今回は天ぷらにしようと決めた。さっそく晴香は買ってきたパッケージの裏側に記された説明を読む。

「ふむふむ。一、お好きな野菜を切る。柔らかい食感が好きな人は、小さめに。二、この粉にビールか炭酸水を入れる……え？」

そうか、しまった！

晴香は内心舌打ちをする。

こちらではフィッシュ・アンド・チップスの衣にビールや炭酸水を使う。きっとイギリス発のこのスーパーの商品開発部は、「どうせ同じこっちゃろ」と適当に判断して、この粉を発案したに違いない。いやはや一緒にしないでくれよな、と晴香は悲しくなると同時に、店頭で目を通さなかったことを反省する。

仕方なく、運よく冷蔵庫にあった炭酸水で衣をつくりながら思い出す。こっちで料理をするとき、粉類には何度も苦労させられてきた。たとえば、お菓子やピザを手作りしようとしても、日本で使っていた「薄力粉」や「強力粉」は、イギリスの「プレイン・フラワー」や「ストロング・フラワー」と対応しない。

それでも、たっぷりの油で天ぷらを揚げると、香ばしい匂いが漂いはじめた。

期待に胸を膨らませ、晴香はスギモトを食卓に呼ぶ。

一口食べて、スギモトは今までになく表情を明るくした。

「おっ？」

「おっ」

「……これは、フィッシュ・アンド・チップスのアレンジか？」

「そんなわけないじゃないですか！　天ぷらですよ、テンプーラ」

「どうりでおかしいと思ったんだ。なんでぐちゃぐちゃにした大根と一緒に食べなきゃいけないんだろうって」

「それ、大根おろしっていうんですけど」

晴香は小さな声でフォローを入れるが、スギモトは構わずつづける。

「そもそも和食なんて、俺にとっちゃ理解できないことだらけなんだよ。たとえば、味噌汁だって口触りがザラザラして臭いし、木の削りカスみたいなものをよく料理にかけるのはなんでだ？」

「木の削りカス……はっ、もしかして鰹節？」

「それだよ。どうしてただ生臭いだけのものを加える必要がある？」

晴香は返す言葉がない。たしかにそう言われれば、そうかもしれない。

「ということで、この和風フィッシュ・アンド・チップスは、俺のやり方で食べさせてもらうよ」

スギモトはテーブルの脇にあったハインツの瓶を手に取ると、今回もどばっとかけてしまった。

2

その翌日、晴香はスギモトとともに、ミセス・ベルから呼び出しを受けた。大英博物館では六月に入ってから、数えきれないプロジェクトが同時進行し、大々的な展示替えの準備がはじまっていた。劣化を防ぐためにも同じものをずっと陳列するのではなく、新たに修復した品々に交換するのだ。

「それにしても、どうして私まで？」

閉館中の展示室を歩きながら、晴香は先を行くスギモトに訊ねる。

「さぁな。また厄介な仕事を頼まれないといいが」

「心当たりでも？」

「心当たりしかないよ」

館内最上階にあるミセス・ベルのオフィスをノックすると、向かって正面のデスクで電話対応していた秘書に、視線で案内された。

ミセス・ベルのデスク周辺は、スギモトの個室といい勝負なくらいたくさんの文物に溢れていた。山積みになった資料だけではなく、アングロ・サクソン時代の銀製鎧兜（よろいかぶと）など、彼女の専門である考古学的な品々やそれらの箱もある。だがもっとも目立つところに飾られているのは、彼女と成人した子どもたちが満面の笑みでうつった写真だ。

「あなた、イアンのことを助けたらしいわね」

ミセス・ベルは、手元の書類にサインをする作業をつづけながら言った。

「助けた、とは」

「とぼけても無駄。彼が別の私立博物館に再就職できるように、裏で手を回したことは全部耳に入ってるから」

「彼の実力ですよ。私はただ、知り合いに彼のことを少し話しただけです」

するとミセス・ベルはやっと顔を上げ、スギモトを睨んだ。

「あのギリシャ人の実行犯についても、罪に問わずロンドンに留まれるように援助したそうね」

スギモトはなにも答えない。

「まぁ、いいわ。でもひとつだけ確認しておく。まさか彼らの主張に賛同するわけじゃないでしょうね？」

「今回のことは、極端な思想を持ったスタッフによる、反逆的事件に過ぎません」

「まさしく」

「ただし、それは表向きの答えです」

ミセス・ベルは冷笑し、厳しい口調で言う。

「イアンは悪い人間ではなかったけれど、私たちが積み上げてきたことを台無しにしたのよ。博物館は多額の寄付を失い、さらに経済的苦境に立たされている。率直に言って、私の立場も危うくした。この組織にそぐわない思想を持った人材を排除するようにと、圧力をかけられている。あなたの今後は、その行動次第よ」

彼女は立ち上がり、一冊のファイルをデスクに置いた。

「あ、あの和時計を修復してほしいの」

「急ですね」

「重要な仕事ほど、急なものよ。評議員(トラスティー)の一人から、夏の展示替えで和時計が見たいというリクエストがあった。でもうちには和時計の専門家がいない。今から日本の博物館に協力を仰ぐほどの予算も時間も残されていない」

「なるほど」

少し沈黙したあと、スギモトはこう提案した。

「腕の立つ職人を連れてきて、対応させてはどうでしょう？」

「心当たりはあるの？」

「ええ、スイスのラ・ショー＝ド＝フォンにいるはずです」

ミセス・ベルは眼鏡をずらして上目遣いにスギモトを見た。

「時計産業の中心地ね。どんな職人？」

「和時計の研究に生涯を捧げてきた日本人の技師で、これ以上ない適任者です。ただもう現役は退いているので、引き受けてもらえる確証は持てませんが、交渉してみる価値はあるでしょう」

「進めてちょうだい。ハルカ、あなたは前回と同じく、私への報告役になりなさい。それから、この件は連帯責任だと肝に銘じること」

ミセス・ベルは手を軽くふって、話を終わらせた。

大英博物館の二階(アッパー・フロア)にある時計の展示室では、十四世紀から現在に至るまでの、世界中の多種多様な時計が時を刻んでいる。そのなかには、和時計のコレクションも含まれる。

現代のほとんどの日本人にとって、和時計は馴染みがないものだろうが、じつは世界のあちこちで愛好されている。

十六世紀中頃、宣教師フランシスコ・ザビエルが来日したとき、領主に拝謁する際に歯車式の西洋時計を贈った。それが日本にもたらされた最初の時計だ。しかしまもなく江戸幕府が鎖国を行なったため、外国文化を遮断した日本では、その後数百年にわたって独自の時計――和時計が発展した。

和時計は、一日を二十四等分した「定時法」を原則とする現在の時計とは違い、「不定時法」に基づく。不定時法とは、人類がはじめて生み出した時計である日時計と同じ時刻制度であり、日出後と日没後をそれぞれ六等分する。

当然、日出や日没のタイミングは季節によって変化する。そのため、文字盤を何パターンか用意して付け替える「やぐら時計」や、水平に回転する天符に錘(おもり)をつけ、その位置を変えて針の速度を調整する「天符時計」など、創意工夫がこらされた。

したがって和時計を製作するには、高度な技術が必要とされる。一人の時計技師が一生かかって製作できた和時計は、せいぜい五、六台だったと伝えられるほどだ。庶民にとっては高価なものだったため、「大名時計」という別名も持つ。

しかし一八七二年、西洋に倣った「定時法」に統一すると政府から公布され、和時計は実用的使命を終えた。その動きは止められ、大量に処分される。それをつくる職人は廃業し、存在さえ忘却されはじめた。

悲運の和時計を救ったのは、その芸術性に目を留めた欧米人である。

文明開化のなかで、日本人が西洋のものに眩惑（げんわく）されている傍ら、欧米人たちは日本の美術工芸品の質の高さ、とくに和時計の信じられない精密さを高く評価し、大量に海外へと持ち帰ったのだ。

こうした背景から、欧米をはじめ、世界の主要なミュージアムには、日本では簡単にお目にかかれないような素晴らしい和時計のコレクションがある。

「さっきミセス・ベルが言っていた、あの和時計というのは？」

展示室にある和時計を見ながら、晴香は訊ねる。

「君がここに就職する前に、大規模な時計の展覧会が開催された。本来は時計専門のコンサバターが半年から一年にひとつのペースで手掛けるが、その年にはかなりの数の時計のコレクションを調整する必要があって、俺も手伝わされる破目になってね」

「それで、和時計を？」

　スギモトは肯く。

「いいところまでは直せたんだ。全体の構造を分析して、何本かレポートも書いた。でもいざ組み立てる段になって、部品が足りないと気がついて」

「もとから足りなかったんでしょうか」

「さぁ」と彼は肩をすくめた。

「でも少なくとも、スギモトさんの責任じゃないですよね」

「関係ないさ。修復できなかった、という結果は変わらないからね。結局、そのまま収蔵庫に仕舞われ、手つかずで今に至る」

「『天才』のスギモトさんでもそんなことがあるんですね」

「まぁ、そうだな。滅多にはないことだが、俺は一度できないと分かったものを、しつこく深追いしない主義なんだ」

　頭のいい人のやり方だな、と晴香は思った。晴香自身は逆で、一度だめだったとしても、何度もチャレンジすれば、いつかはできるようになるんじゃないかと粘り強くつづけるタイプである。

　――そういえば。

展示室をあとにしながら、晴香はふと思い出す。貴重な和時計を修復できる日本人といえば。以前ヨーロッパで活躍する日本人の時計職人のドキュメンタリーを、ネットの動画配信サイトで見たことがあった。ラボに戻ったら、そのドキュメンタリーをもう一度見直してみようと思った。

3

翌週、二人はヒースロー空港からジュネーブ・コアントラン国際空港まで飛んだ。ヨーロッパ大陸は、ロンドンではあり得ない記録的熱波に見舞われていた。サングラスをかけたスギモトは、空港から市街地行きの電車に乗り継ぐあいだ、スーツケースを転がしながら「ここは地球か？」とくり返した。

「こんなの、日本の夏に比べたら超涼しいですよ」

「摂氏三十五度もあるのにか！」

「分かってませんね、ヨーロッパは湿気がないから、日本のじめっとした嫌な暑さからすれば天国です」

とは言いつつ、たしかに猛暑だった。サハラ砂漠からの熱風が届き、青空には雲ひとつない。日射しは鋭く、肌が痛いほどだ。しかもどの建物も、これほどの暑さに対応できる構造ではなく、エアコンもほとんど見かけない。せいぜい扇風機が申し訳なさそうにそよ風を吹かせるくらいだ。

中央駅に辿り着き、ジュネーブから北上するスイス鉄道に乗り込む。やっと空調の効いた車内から見えたのは、それまでの暑さや混雑を忘れさせるような、アルプスの涼しげな景色だった。

鉄道はレマン湖の南畔を進んだあと、いくつかのトンネルを抜け、ヌシャテル湖沿いを走った。瑠璃色の湖面のまわりでは、人々が避暑に訪れていた。四方をアルプスに囲まれているスイスには、千五百を超える湖がある。豊かな水源に恵まれていることこそ、大国に囲まれたスイスが永世中立国でいられる最大の要因かもしれない。

晴香はそのとき、頰杖をつくスギモトの腕につけられた、年季の入った革ベルトの腕時計の針が止まっていることに気がついた。ブランド名などの刻印されていないその時計をスギモトは愛用しているのか、見憶えがある。

「壊れてませんか、その腕時計？」

スギモトは腕時計をしばらく見つめ、「またか」と時計を取って鞄に仕舞った。

「思い出でもあるんですか」

「なんだ、急に」と彼は不機嫌そうに言う。

「いえ、何度も直してそうだから、なんとなく」

「ノー・コメント」

　機嫌を損ねる前に、晴香は黙っておくことにした。


　ラ・ショー＝ド＝フォン駅の前には観光バスがいくつも駐車し、おそらく高級時計を買い求めにきた東南アジア系の団体が、工房を見学しに訪れていた。彼らの目当ては時計だけではなく、リゾート的な大型カジノでの豪遊でもあるのだろう。

　二人はホテルに荷物を預けたあと、トラムで坂道を上って街のはずれに移動した。時計職人の自宅は、駅前の煌びやかさとは対照的に、静かで落ち着いているが、一人で暮らすには寂しそうな山の麓にあった。

　インターホンを押すと、背が高く、分厚い眼鏡をかけて白髪を金色に染めた、七十代とおぼしき男性が現れた。

　やっぱり！　記憶のなかの姿に比べれば年齢を重ねているが、以前ドキュメンタリー番組で知った時計職人と、紛れもなく同一人物だった。しかし驚いたのは晴香だけではないらしく、彼自身もスギモトを見てしばらく固まっていた。

「いやー、一瞬お父さんが若返って訪ねて来はったんかと思ったわ！　ケントくんやな、わざわざようこそ」

時計職人は笑いながら、関西弁で明朗快活に言った。

そうそう、この感じ、と晴香は思い出す。

動画を見る前は、スイスに暮らす孤高の日本人時計職人と聞いて、気難しそうで芸術家然とした人物を想像していた。でもその人は海外生活が長いはずなのに、関西弁でざっくばらんに受け答えしていた。大きな体で繊細な時計をつくる姿にも、ギャップがあって親しみを持てた。

――一笑懸命っていうのが私のモットーなんですわ。

そう語るシーンが、とくに印象に残っている。

「こんにちは。今日はお時間いただいてすみません。彼女は私の助手です」

「いきなり電話もろたからびっくりしたわ。スイスで用事でもあったん？」と言ったあと、時計職人は晴香に向かって「はじめまして。私は那須と申します」と頭を下げた。

晴香は自己紹介をしてスギモトの方を見ると、不自然に目を逸らされた。

那須の自宅は一階建ての平屋だが、一人暮らしには十分すぎる広さだった。中心部から離れているせいか、こう見えて家賃は安いのだ、と那須はなかを案内する。小さな埃がムーブメントの命取りとなる時計職人らしく、家のなかは整頓されていた。

那須が席を外したタイミングで、晴香はスギモトを小声で問い詰める。

「ちょっとスギモトさん。全部事情はお伝えしてあって、今日は詳しいことを説明して渡英の段取りを決めるだけだって聞いてましたけど、さっきの感じじゃあ、どうして私たちがここに来たのかさえ、ご存知ないんじゃ――」

「まぁ、そう焦るなって。ひとまず歓迎されてるし、快く引き受けてくれるさ。きっと大丈夫だ」

彼は余裕たっぷりに答える。

晴香はこの男を疑わずにここまで来たことを、今更ながら悔いた。パルテノン・マーブルの事件ではてきぱきと解決してみせたにもかかわらず、なぜかあれ以降、とくに父が失踪したと聞いてからは様子がおかしい。とくに修復以外で興味のないことは、穴だらけな状態がつづいていた。

お茶を持って居間に戻ってきた那須は、自らもソファに腰を下ろして言う。

「君もおっきなったなぁ！　お父さんにはめちゃくちゃお世話になったからね。あの人がおらんかったら、時計職人としての私の人生もなかった。いつかロンドンにも挨拶にお伺いしたいと考えてたところやねん」

その話を聞きながら、さては、と晴香は思う。

スギモトがミセス・ベルに外部の適任者に修復を依頼することを提案した背景には、この父の旧友である時計職人に、父の居場所について個人的に訊ねるという目的も、最初から含まれていたのではないか。

じつは、とスギモトは姿勢を正し、語気を強めた。

「数週間ほど前から、父の行方が分からないんです。何人か知り合いや仕事の関係者にも連絡しましたが、依然手がかりは掴めません。父と長い付き合いのある那須さんは、なにかご存知ではありませんか」

那須の笑みが消えた。

「長い付き合いと言われても、私も引退してご無沙汰やしね……警察には？」

「おそらく自らの意思で姿を消したので、真剣にとり合ってはもらえませんでした」

「なんで分かるんや」

「店にこんな置き手紙がありました」

那須はメモを受け取り、スギモトの導き出した答えに相槌を打つ。

「あの人らしい仕掛けやけど、さっぱりやわ。今日はわざわざこんな田舎まで来てもらったのに申し訳ないね」

同情を寄せるように、那須は目を合わさずに言った。

「分かりました、ありがとうございます」と言いながら、スギモトはため息を吐いた。声のトーンも低くなり、明らかに落胆した様子である。「ただしお話ししたいことは、このことだけじゃないんです」

スギモトは鞄からタブレットを出して、和時計をうつした画像を何枚か見せた。

那須はそれを見た瞬間、表情を曇らせる。

「大英博物館のコレクションに含まれている、長年止まったまま誰も命を吹き込めずにいる和時計です。夏の展示替えでこれを加えたいという要望があり、修復できる職人を探しています」

那須が気分を害していると気がついているのかいないのか、スギモトは相手の顔も見ずに淡々と説明をつづける。しばらく黙って聞いていた那須は、取り繕うように明るく「いやはや……私やなくても、世の中にはいろんな技師がおるからね。他は探してみたんか」と訊ねた。

「私の知っているなかで、那須さんほど腕があって信頼できる方はいません」

しばらく那須は沈黙し、晴香に向き直った。

「晴香さんでしたっけ」

「よかったら、私が先日スイス政府からもらった賞状、見ていかはります？　フランス語はいまだに不自由なんやけどね、ははは」

「あ、はい」

那須は言いにくい答えを先延ばしにでもするように、奥の部屋に並んだ数々の賞状やトロフィーについてひとつずつ説明した。晴香はスギモトの代わりに那須の思い出話に相槌を打ちながら、嫌な予感がしはじめる。飾ってあるのはいずれも西洋時計、この街で那須が雇われ職人として築き上げた実績に関するものばかりで、和時計づくりの気配を感じさせるものはない。

「まぁ、こういうことをしてます。ということで、またいつでもうちに来てね！」

その場を切り上げようとした那須を、スギモトは引き留める。

「さっきの答えは？」

「私のことを思い出してもらって光栄ではあるけれど、残念ながら力にはなれません。和時計とはもう縁を切ったから」

「なぜです」

スギモトが訊ねると、那須は静かに笑ってはぐらかす。

「お父さんとよく似てるね。あの人にもこういう風に、強引にお願いされたことが何度かあったわ。でももう今回は、引き受ける気はまったくない。どれだけお願いされても、こっちの気持ちは変わらん」

那須はそれ以上話しても無駄だというように、顔を背けた。

「なぜ嘘をつくんですか、本当は誰よりも和時計への情熱があるのに。その証拠に、この家には和時計に使うための部品や道具が、ひと通り揃っているじゃないですか。しかもよく手入れされた状態で」

「ちょ、ちょっとスギモトさん」

イラついてきたのか急に強い口調になったスギモトを、晴香は慌てて止める。那須は窓の外に視線をやったまま、しばらく黙っていた。険悪な空気が流れ、スギモトは深呼吸すると立ち上がった。

「分かりました、別の職人を探します」

4

「少し冷静になってください」

先を歩くスギモトを追いかけながら、晴香はため息まじりに訴える。

「いたって冷静だよ」

「嘘だ、いつもはもっとクールじゃないですか。お父上の話をした辺りから、急に感情的になってましたよね？　『似てる』って言われたことに、かちんときたんじゃないですか、大人げない」

スギモトは立ち止まった。

「助手につべこべ言われる筋合いはない」

「助手だからこそ言うんです」

返事はなかった。

晴香はトラムに乗ってホテルに向かうあいだ、どうしたものかと考える。ふと、スギモトがとなりでいじるスマホの画面が視界に入った。

「もしや、カジノに行くつもりですか！」

彼は完全に交渉を諦めたらしく、当然だという顔で晴香を見る。

「疲れたからな。暑すぎるし。それにあっさり断られて、心が折れた」

こんな程度で折れるのか。

晴香は眩暈がした。

しかしスギモトの言う通り、那須にあそこまで拒絶されるとは。和時計とは縁を切ったと言っていたが、なにか事情があるのだろうか。そういえば、ドキュメンタリー番組で、那須が夏になると仕事後に小川沿いの遊歩道に行くと話していたことを、晴香は思い出す。今もその習慣がある確証はないが、今日は真夏日だったのでいるかもしれない。

トラムがホテルの前に到着した。早々と部屋に戻ろうとするスギモトを、晴香は呼び止める。

「那須さんのことで思い出したことがあります」

「もう今日の仕事は終わりだって言っただろ」

「本当にいいんですか？　スギモトさんはスイスでずっとやる気がなくて、あげくカジノで遊んでましたって、ミセス・ベルにチクっちゃいますよ」

「そんなことしたら君も連帯責任とやらで、同罪になるんじゃないか？　スイスでやるべきことはやったさ。父とも最近では付き合いがないようだから、もうあの人に用はない。他の職人をロンドンで探そう」

スギモトはそう言うと、仕事が早く終わったことを喜ぶように、軽やかな足取りでエレベーターに乗り込んでいった。ロンドンには明朝のフライトで戻る予定だ。でもこのまま無収穫でロンドンに戻れば、ミセス・ベルからなんと言われるか分かったものではない。晴香は踵（きびす）を返し、ホテルをあとにした。

ラ・ショー＝ド＝フォンには、周辺に点在する小規模の湖から、美しく澄んだ無数の小川が流れ込む。夏至の近づくこの時期、二十時を過ぎてもまだ明るく、川沿いの遊歩道には大勢の老若男女が納涼に集まっていた。ロンドンにおける公園のように、集まった人たちはおしゃべりや読書で宵のひと時を楽しんでいる。

晴香はそのなかに、彼の姿を発見した。

「那須さん」

「君は、さっきの」と那須は立ち上がった。

「助手の糸川です。先ほどは失礼なことをしてしまって、本当にすみませんでした」

「いや、私こそ頭ごなしに拒絶したことを、反省してたところで」

「よかったら、少しお話しできませんか」

晴香が訊ねると、那須は「どうぞ」ととなりを指した。二人は並んで腰を下ろす。しかしここまで来たものの、どう切り出せばいいのか分からない。いきなり和時計のことを口にするのも、不躾(ぶしつけ)な気がする。そんな晴香に、那須は唐突に訊ねた。

「失礼ですが、おいくつかな」

「今年二十九歳になります」

「そうなんや。いや、娘のことを思い出してね。君よりひとまわり年上やけど、会っていないから想像がつかなくて」

「日本にいらっしゃるんですか」

「そうやねぇ」と那須は口を濁したあと「私の話よりも、君のことを教えてくれへんやろうか？　君はケントくんの助手っちゅうことみたいやけど、こんなところまで同行するんやね」と訊ねた。

晴香は肯き、対岸を眺めながら答える。

「本来は大英博物館で上司と部下の関係なんですが、先月からスギモトさんのフラットに格安で下宿……いえ、仮住まいさせてもらえることになって、今は使い走りでも洗濯でも、頼まれればなんでもやります」

「大英博物館では、どんな仕事を？」

「主には、紙作品を修復しています。和紙が専門なんです。実家が和紙を生産販売していた関係で。私が高校のときに、店は事情があって廃業してしまったんですが、大学の授業で修復の世界では和紙がずいぶん活用されてることを知って、その道に進むことにしました。猪突猛進するタイプなので、脇目もふらずに前へ進んで今に至ります」

那須は目を細めた。

「親御さんは誇らしいやろうね」

「いえ、むしろ心配されてますよ」と晴香は苦笑する。「早く日本に帰ってこないと婚期を逃すぞって、しょっちゅう言われるんです。でもしばらくはロンドンで頑張るつもりです。修復って、ものに隠された見知らぬ土地や時代を解き明かしていく行為だと思うんです。もっと言えば、ものに秘められた人々の想いを読み解く行為というか。だから多国籍なムードがあって、古い文化財も残っているロンドンは、修復士にとって居心地がいいんですよね」

「えぇ根性や。恋人なんて、ロンドンで見つけりゃえぇんやから」

打ち解けてきた那須に、晴香は軽くお願いする。

「那須さんもぜひロンドンにお越しください」

「せやなぁ……食事がもう少しマシだったら喜んで行くんやけど」

頭に手をやる那須に、晴香は「そればっかりは」と笑って言う。

「じつは私、那須さんのことをお会いする前から存じ上げていたんです。異国で活躍する日本人を紹介するドキュメンタリー番組に出演なさってましたよね？　ネットの動画サイトで見たとき、すごく勇気をもらいました」

「それ、めちゃくちゃ昔の番組でしょ」

那須は苦笑した。

「でも感動した人が多かったからこそ、いまだにネットに上がってるんだと思います。この小川の遊歩道に来たのも、番組内でここが登場したのを思い出したからなんです。よかったら、和時計についてお話を聞かせてもらえませんか」

那須は川面を見つめながら、「私は小さい頃から手先が器用でね」と語りはじめた。

たとえばキャラメルの包みで折り鶴をつくったり、目覚まし時計をばらしては組み立ててみたりと、那須少年は細かな作業をするのが大好きだった。精密な仕事は、不思議と少年の心に安らぎをもたらした。高校生になると、アルバイトでちょっとした機械の修理や設計を請け負うようになっていた。そんなある日、科学博物館でひとつの和時計と出会ったことが、彼の人生をがらりと変えた。

和時計には謎が多い。まず文字盤には、西洋時計のように一から十二までの数字が並ぶのではなく、「九、八、七、六、五、四、九、八、七、六、五、四」という漢数字が用いられる。

「それって、どういう意味があるんですか」

晴香は質問をはさんだ。

「いろんな説があってね。西洋では時間は経過するにつれて『増える』ものと考えられた一方で、日本では『減る』ものと捉えられた、とかね。でもおっちゃんが一番しっくりきてる

のは、九を特別な数字とした中国の陰陽五行の考え方やな。九の倍数の一の桁を数えると、

9×1＝9　↓　9
9×2＝18　↓　8
9×3＝27　↓　7
9×4＝36　↓　6
9×5＝45　↓　5
9×6＝54　↓　4

と、ひとつずつ減っていくやろ？　そんな風に九の倍数の一桁目が文字盤に刻まれているという説もある。どれが本当かは、誰にも証明しようがないんやけど」

晴香は感嘆しながら、百五十年ほど前の日本では、今とは異なる基準で時間が流れていたことに想いを馳せた。

「そうして私は、和時計という難題にはまり込んでいった」

高校を卒業後、時計職人の専門学校で学び、大手時計メーカーに就職した。職人としての腕を磨きながら、休みの日はすべて和時計の研究に捧げた。やっとオリジナルの和時計が完成すると、五年の月日が流れていた。

しかし運悪く、好景気に沸いていた七〇年代の日本では、海外ブランドの高級時計に人気

が集中し、謎めいた和時計に関心を示す者はいなかった。そんなとき、那須に思いがけないチャンスが舞い込む。世界三大時計のひとつであるオーデマ・ピゲの職人として、スイスに呼ばれたのだ。

「和時計を現代に広めるっていう夢を諦めるのは、まだ早いと思ったんや。でもその頃、少し前に発明されたクォーツ式時計が、伝統的な機械式時計を守ってきたスイスのメーカーを、徐々に瀕死状態に追い込んでいてね」

「機械式とクォーツ式の違いって、ゼンマイの有無でしたっけ？」

「正確に言えば、ゼンマイと歯車を使って針を動かすのが機械式で、水晶に電流を通して振動させるのがクォーツ式やね。機械式は高度な技術が必要とされる分、大量生産には向かない。幸い職を失うことはなかったものの、時計職人として食べていくだけでも精一杯で、和時計をつくる作家として独立する夢はとうとう叶わんかった」

「でもご自身では、和時計をつくりつづけていらっしゃったんですね」

那須は肯いた。

「ケントくんのお父さん――椙元さんからは、諦めずにつくりつづければ、必ず道はひらけるって言われたな。あの人とは付き合いが長くてね。最初に出会ったのは、ケントくんが生まれる前、椙元さんが二十代で独身やった頃かな。骨董商として駆け出しでロンドンと日本を行き来していた。ロンドンは不景気に見舞われて、あちこちでストライキや人種差別をめぐる暴動が起こっていたけれど、相元さんはそうした不安定な社会情勢をものともせず、ロンドンで勝負をかけようとしていた。あの頃の彼には、人を惹きつける不思議な魅力があってね。この男なら信頼してやってもいいと思わせるなにかがあった。そう感じたのは私だけやなくて、たくさんの客や協力者が彼の周りにはいた。その一人が、ケントくんの母親。そういう話、ケントくんから聞いたことある？」

晴香は首を大きく左右にふった。

「プライベートなことは、なにも話してくれないんです」

「ほな、怒られるかもしれへんけど、おっちゃんが代わりに教えたるわ」

そう言って、那須は茶目っ気たっぷりにつづける。「ケントくんのお母さんは、もともとオークション会社の顧客担当（クライアント・リエゾン）でね。ヨーロッパの美術市場では、麗しき令嬢が実家の人脈を駆使して、コレクターである顧客に作品を薦める仕事に就くというのは珍しいこととちゃうけど、わけても彼女は優秀で評判も良かったなぁ。結婚してからも、彼女の人脈が相元さんの商売に大きく貢献したのは間違いない。たしかに当時は今じゃ考えられないような差別があったから、親族からは相元さんとの結婚を反対されたそうやけど、私が知る限り、二人はお似合いやったで」

那須がなつかしそうに話すので、晴香も親しみを抱きはじめる。

「ただ、椙元さんとケントくんは、ちょっとタイプが違いそうやな」

「どんな風にですか」

「椙元さんは審美眼よりも、人の好みや時代の変遷を見極める力の方が優れている。それに対して、大英博物館に勤めるケントくんは、おそらく骨董に関する知識が豊富で、作品を見る『目』がある。でも売る側の人間は、修復士みたいに作品に手を加えるわけやなくて、その価値づけを行なう立場やから、純粋な『目』よりも、つぎにどんな分野のどんな時代の作品がブームを起こし、人気が集まるかを見極める『嗅覚』の方が大切なんちゃうかな。そして椙元さんは、そういうタイプの骨董商やった」

そこまで話すと、那須は浅くため息を吐いた。

「でも物事はそううまくはいかなかった。椙元さんと疎遠になったのには、理由がふたつあってね。ひとつ目は、向こう側の問題。ケントくんが九歳のとき、椙元さんの奥さんが亡くなった。そこから椙元さんは、憂さを忘れるための飲酒をはじめた。アルコールをこの世ではないどこか別の場所に連れて行ってくれる道具、いわば薬として摂取するようになったんやわ。当然身体も壊すし、周囲から人も離れる。このことはケントくんから直接聞いた方がいいかもしれんね」

晴香は言葉が出ない。

「それでふたつ目は、私の問題。和時計がいつまで経っても売れなくて、会うたびに夢を見させるようなことを言う椙元さんが疎ましくなっていった」

しばらく二人は沈黙した。

「まぁ、使えない時計なんて、誰が欲しがるねんっちゅう話や。無用の長物って言葉があれほど似合うもんはないな。そんなけったいなもんに妙なロマンを感じて、いつまでもしがみついてた私がアホやったんや」

「そこまでおっしゃらなくても——」

「いや、これはほんまのことやで。そのせいで、今まで人生で極めて重要なことをいくつも失ってきた。たとえば一番分かりやすいのが、時間と金や。売れない和時計をつくるために注ぎこんだ労力、時間、費用をもっと違う仕事に向けていれば、今頃もっと豊かな引退生活が送れたやろうな」

那須は寂しそうな目で、相変わらず川辺を見ている。

その横顔を見ていると、晴香は和紙製造所をたたんだ両親のことを思い出し、胸が痛くなった。

「それに人間関係。これは取り返しのつかん代償やな。毎朝、家族が起きる前から机に向かって、自分が生み出そうとするムーブメントの歯車をひとつずつ考案し、組み立てていく。目や頭が痛くなって、そこで作業を終了するけれど、大切な人たちと過ごす時間でさえも、頭のなかではいかに制作中の和時計を良くするかが駆け巡る。そんな風にどこにいても大半うわの空で、遠くにいるような人間と一緒に暮らしたいと思うような変わり者は、この世におらんわな」

　話し終えた頃、日はすっかり沈み、夜の光がアルプスの一帯に広がっていた。小川沿いの遊歩道を歩く人の数は減り、一方で正面のレストランからは料理の香りと人々の声が漏れはじめた。

「今じゃあスイスで暮らした時間の方が長いし、日本に戻る予定もない。このまま骨を埋めるつもりやわ」

「でもさっきスギモトが指摘した通り、那須さんのご自宅には、和時計づくりに必要な機材が揃ってましたよね？　しかも埃をかぶっているわけではなく、今も手入れされていそうに見えました。和時計づくりの情熱は、まだ残ってるんじゃないですか」

　那須はその質問には答えず、立ち上がった。

「そろそろ行こうか」

二人は黙って、遊歩道の階段を上り、大通りに戻った。

トラムの路面駅に着くと、晴香は那須の方に向き直った。

「お話を聞かせてくださって、ありがとうございました」

「ええんや。私も楽しかったよ」

「あの、最後にひとつだけ、申し上げてもいいですか」

「なんや？」

「さっき和時計は無用の長物だとおっしゃいましたが、私はやっぱり違うと思います。動きを止めたあの和時計に、那須さんが命を吹き込むことができたときのことを、一度想像していただけませんか？　きっと私たちが死んだあとも、その和時計はもっともっと長いスパンで、独自の時を刻みつづけることになります。そして世界中の子どもたちが、それを見て、いろんなことを感じるでしょう。ちょうど那須さんの存在を番組で知って、勇気づけられた私と同じように」

そこまで話すと、晴香はひとつ深呼吸した。

「効率や実用性ばかりを追い求める世界よりも、和時計みたいな謎だらけの、よく分からないものが大切にされる世界の方が、私は本当の意味で豊かだと思います。だからどうか力を貸していただけませんか」

翌日、空港の出発ロビーで帰りの便を待つあいだ、寝不足らしいスギモトのスマホに那須から着信があった。

「喜べ、引き受けてくれるらしい」

電話を切ると、スギモトは言った。晴香は少しくらい感謝されるかと期待したが、彼は当然のようにこうつづける。

「予想通りだな」

「え？」

「全部はじめから計算済みだったから」

「ど、どういうことですか」

「俺が強引な態度をとったあとに、君がすかさずフォローを入れる、それで那須さんは君に心をひらき、オファーを受けることにする、という算段だったんだ。じゃ、ヒースロー空港で！　ボン・ヴォヤージュ」

スギモトは二指の敬礼をすると、自分だけビジネスクラスの搭乗ゲートに向かって、すたすたと歩いて行く。そのうしろ姿を棒立ちで見送る晴香の手から、持っていた鞄がどさりと落ちた。

5

ロンドンに戻ると、晴香は那須を招聘する手はずを整えた。

通常、外部の修復士に依頼する際、作品を彼らの工房に輸送し、作業を終えてから返してもらうという手続きをとることが多い。しかし今回は、展示会が近くわざわざラ・ショー＝ド＝フォンまで輸送する手間と費用を省くために、館内で作業をしてもらうという段取りに決まった。

ロンドンに到着した那須は、時計部門のラボに設けられたスペースで、さっそく作業をはじめた。

和時計のつくり方は、書物や文書での記録が避けられた。すべては口伝(くでん)——見て憶え、聞いて学ぶことで、職業上の秘伝を守っていたからだ。したがって和時計には、設計図や技術書の類は一切残っていない。

しかし那須は、それらを慎重に点検し、観察することで、スケッチブックにさらさらと構造を描き起こしていった。

夏の特別展に出展する和時計には、大英博物館のコレクションだけでなく、ヨーロッパ各地の博物館から寄せられた委託品も含まれた。なかには、誤って中国の時計だと記録されていたものもあった。

身長計のような縦長の文字盤の目盛りのなかで針が上下に動くという「尺時計」、枕元に置いて使用されていた「枕時計」、印籠のなかに機械をおさめた「印籠時計」など、その見た目も構造も変化に富んだ。

やがてその作業に、館内の多くの専門家の手が加わっていった。

劣化の激しい歯車は金属の専門家に回して、真珠の母貝でできた特別な道具で錆をとる。また樹脂の専門家に頼んで、歯車をコピーして新しいものをつくる。さらに漆の専門家が、漆加工された外部の装飾を、薬品で少しずつ洗浄していく。

コンサバターたちは、それぞれにたくさんの仕事を抱えているはずなのに、意外にもみんな協力的だった。

いったいなぜだろう？　晴香は疑問を抱きつつも、やりとりを進めた。

おかげで順調に、和時計は動きはじめた。ただし、一点を除いて。

那須をもっとも悩ませたのは、部品の足りない、例の和時計「駒割式やぐら時計」である。全長約五十センチ。時計を支えるやぐら型の黒い台座には、螺鈿（らでん）で「一寸の虫にも五分の魂」というくずし文字が施されている。

東洋のエジソンと呼ばれた江戸時代末期の発明家、田中久重が生み出した奇想の「万年時計」に類似し、一説ではその習作ではないかと考えられている、と資料には書かれていた。一日二度の調整が必要な他の和時計とは違い、「駒割式」は完全な自動化が実現されているため、構造も複雑である。

田中久重が「万年時計」に取り入れたのも、この「駒割式」だった。しかし文字盤、金具などはすべて揃っているはずなのに、なにかが足りない。那須は、毎日夜が更けるまで作業をつづけたが、進展は見られなかった。

なんとか和時計を動かそうと奮闘する那須の姿を見ていると、晴香はたびたび実家のことを思い出した。

——文化が衰退すると、世界はどうなると思いますか。

それは、かつて実家の取引先だった表具師から問われたことだ。

実家の和紙製造所が潰れたのは、晴香が高校三年生のときである。何代も続いた老舗だったが、商品が売れなければ、そんなブランドはなんの役にも立たない。父は家族のために、赤字続きの商売にこだわるのをやめた。

腕の立つ職人だった父は、工事現場の交通整理をするバイトをはじめ、母もパートに出るようになった。晴香は授業料免除を利用できる大学に進路を変更した。だが、結果的にそのおかげで、修復と出会うことになる。

大学でなんとなく選択した修復の授業に、その表具師が講師としてやって来たのだ。彼は晴香のことを憶えてくれていて、二人で少し話をした。家族は元気ですかと訊ねられ、大変ですが明るくやってますと答えた。

表具師はとても残念そうな顔でこう言った。

——糸川さんのつくる和紙は、本当に素晴らしいものでした。それがなくなって、僕の仕事のクオリティも落ちてしまったと言ってもいいくらいだ。文化っていうのは、誰か一人だけでつくるものじゃありません。糸川さんのような方が集まって、支え合い、歯車となってひとつの時間を刻むものなんです。

——父の和紙は、誰かの役に立ってたんですね。

プライドをずたずたにされた両親を見ていた晴香は、救われた気持ちになった。

——もちろんです。あんなにいい仕事をしていた糸川さんが廃業するなんて、この世の中は間違ってると思いますよ。世界には、効率や実用性よりも大事なものがあるはずです。たとえ生活の必需品でなくても、人生を豊かにし、安らぎや楽しみをもたらしてくれるものがね。

しばらく考えてから、表具師は訊ねた。

――文化が衰退すると、世界はどうなると思いますか。

晴香は首を左右にふった。

――間違いなく、世界そのものが貧しくなるでしょう。だからこそ、守らなくちゃいけないんです。

その話を聞いて、晴香は修復の道に進もうと決めた。和紙という文化を広め、自分の親のように廃業に追い込まれる職人が、一人でも減るように。文化を人知れず支える末端の人たちが、一人でも多く幸せに暮らせるように。そのために自分が根気強く頑張るのだ、と。


目を覚ますと、そこは持ち場である紙専門のラボだった。机で自分の仕事をしようと思っていたのに、気がつくと寝落ちしていたようだ。今まで職場で居眠りなんて一度もしたことがない。よっぽど疲れてるんだな、と晴香は目をこする。

何分くらい寝てたんだろう？

時計を見ると、二十時を回っている。他のスタッフはもう帰ったようだが、スギモトの個室からは、照明が漏れていた。

晴香は差し入れのコーヒーのカップを持って、スギモトのラボを覗く。室内には所狭しと作品が置かれていた。複数の作品を同時進行で扱っているらしい。その仕事量に晴香は驚く。

それにしても、展示室にでも行ったのかな。

机上には、スイスで彼が身に着けていた、針の止まった腕時計が置きっぱなしになっていた。何気なく手に取って裏返すと、見憶えのある名前が刻印されている。アンジェラというのはたしか以前パブで飲んでいたときに、電話をかけてきた名前ではないか。

「なんの用だ」

ふり返ると、スギモトが腕組みをして立っていた。

「すみません」

「上司の部屋に勝手に入るとは、呆れたもんだ」

「待ってください、差し入れを持ってきたんです」

彼は黙って、晴香を見ている。

「なのに、そんな言い方はないんじゃないでしょうか。そもそもこんなに仕事を抱えなくちゃいけなくなったのは、スギモトさんのせいですよ」

「俺のせい？　じゃあ、助手なんて辞めりゃいいさ」

「辞めりゃいいとか、そんなこと簡単に言います？　こっちはスギモトさんがなにもしてくれない代わりに、自分の仕事の合間を縫って、那須さんのお手伝いをしているんですから。

おかげで時計のラボと、このラボとを往復しまくって、いいダイエットですよ！」

晴香は深く息を吐くと、コーヒーをスギモトの手に無理やり持たせ、顔を見ないでラボを出て行こうとした。

「だいぶ疲れてるみたいだな」

スギモトの声が追ってきた。

居眠りしていたのも、本当は見られていたのかもしれない。

「当然さ、俺も解決できなかったんだから。ひとつだけ、助言を与えてやろう。明日は休むことだ」

意外な一言に、晴香はふり返る。

「土曜日だし、那須さんとグリニッジ天文台に行ってみるといい。あそこにはロンドンでも有数の時計のコレクションがある。その歴史にも触れられるから、なにかアイデアを得られるだろう」

「……なにも得られなかったら？」

「大丈夫、休むことも仕事のうちだ」

「でも観光なんて、提案しても断られますよ」

「君の言うことなら、きっとオーケーするさ」

そう言って、スギモトはウィンクをした。

翌朝のロンドンは、街の上空にぴたりと蓋をするような重たい灰色の雲に覆われ、小雨が降ったり止んだりの天気だった。濡れた石畳のうえを、大きな音を立てて車が走り去る。晴香は那須とともに二階建ての赤バスに乗り、グリニッジに向かった。

「すみません、急に連れ出したりしてしまって」

「いや、私もせっかくロンドンに来たわけだし」

しかし那須は窓の外を眺めるばかりで、頭のなかは「駒割式」時計のことでいっぱいのようだった。

グリニッジ天文台は、大英博物館からバスで一時間ほどの郊外に位置する。

バスを降りると、二人はレインコートのフードをかぶった。

天文台の周囲を取り囲むグリニッジ・パークでは、雨にもかかわらず人々がクリケットをしている。イギリスの公園はシンメトリーな古典的西洋庭園とは異なり、舗装された面積が小さく、人々が憩える芝がある。だからリスやキツネの他、さまざまな鳥類が棲んでいる。なかでも白鳥は、一羽残らずエリザベス女王の名の下に保護されている、という都市伝説まである。

「週末とあって、混んでますね」

天文台の入口広場は、丘になっているので見晴らしも良く、人々が記念撮影をしたり眺めを楽しんだりしていた。入場料を払ってなかに入ると、経度ゼロを表す線状のプレートが、石段にまっすぐ打ち込まれていた。また見上げると、塔部分のドームの先端についた赤い玉が、時間になると落ちてきて鐘を鳴らすという。

ドームには、高さ三メートル以上ある巨大天体望遠鏡が内蔵され、必要に応じてドームが半分に割れて、隙間からレンズが覗くという仕掛けになっている。その周囲にある天文学研究の部屋には、六分儀（セクスタント）や八分儀（オクタント）といった、実際に使用された道具が並んでいた。

「グリニッジ天文台って、今では標準時間を司る場所として有名ですけど、もとは経度の測定法を導き出すためにつくられた、軍事施設だったそうですね」

晴香が言うと、那須は「そうそう」と肯く。

「私も若いとき、関心を持ってよう調べたもんやわ。たしか、太陽や北極星の角度から計測できる緯度よりも、経度の計測ははるかに難しくて、海軍の航海技術を向上させる一番のネックになった。そこで、時間から経度を割り出すという画期的なアイデアが生まれたんやったっけ？」

昨晩、那須のために予習してきていた晴香は、「はい」と答える。

たとえば経度が百八十度異なる二ヶ所のあいだには、十二時間の時差が生じることになる。となると、正確な時計さえあれば、時差から経度の差を測定できるのだ。つまり、出発地と現在地の時間を比較することが、画期的な経度の測定法になった。その一役を買ったのが、ジョン・ハリソンという不遇の天才時計職人である。

スギモトがグリニッジ天文台に行くことを勧めた理由――晴香は昨夜、時計の歴史について調べながら、薄々それに気がつきはじめた。

振り子の場合、とくに海上においては気温の変化によって金属部が伸縮し、大きな狂いが生じる。そのためハリソンは懐中時計の開発に尽力し、「H４」と呼ばれる携帯用ゼンマイ時計「クロノメーター」を発明した。

二人はグリニッジ天文台のなかでも一番の見所である時計の展示室に移動し、「H４」を眺める。わずか直径十三センチの発明は、いかに狂いのない精度を持たせるかというハリソンの紆余曲折が結晶化されており、のちの人類に多大な恩恵を与えた。

イギリスを大英帝国に発展させたのは、ハリソンのような時計職人たちの功績といっても過言ではないだろう。大航海時代における海軍の勝利も、産業革命による繁栄も、正確に時を刻む時計がなければ、果たされなかったからだ。

晴香はそのことを那須と話し合い、こう伝える。

「それに対して、和時計が目指したのって、正確さじゃないんですよね」

那須は肯いた。

「そうやね、今になって思うんは、西洋と東洋では、根本的に時間の捉え方が違うってことやわ。西洋時計の歴史は正確さをいかに追い求めるかという挑戦やったけれど、和時計はもっと遊びの感覚がある」

「遊びの感覚、ですか。たしかに言われてみれば、実用性や精度よりも、和時計には装飾やデザインといった工芸的な要素がちりばめられていて、創意工夫が凝らされてますもんね。そもそも鎖国のためとはいえ、不定時法という非効率的なルールを守りつづけていたことにもロマンを感じます」

「そういうことか」

那須は立ち止まり、声を大きくした。

「正確さを求めていた西洋の時計職人たちと違って、和時計はまったく別の発想を持っていたんやわ。つねに変化する自然、人間はそのなかの一部であって、その変化に合わせて、時計を使わなあかんっちゅう発想やで。神がつくりし世界には絶対の答えがあるとする啓蒙主義的な西洋の認識とは、まったく異なる構造なんやわ」

館内にある ハリソンの「Ｈ４」の前で、那須はつづける。

「世界の摂理に合わせるために時計という可変の指針をつくるのか、それとも先に真理に基づいた絶対的尺度をつくってから、世界の摂理を把握するのか。今まであの和時計をつくった田中久重の思想に、本当の意味で触れられてへんかったから、足りない部品の正体に辿り着けなかったんや」

「えっと――」

「虫歯車や！　あの和時計に足りないのは」

「田中久重の？」

「そう、規則的な形をした従来の歯車とは違って、虫のような不規則な形をしていることからそう呼ばれた。歯車を逆回転させ、複雑な回転速度をつくり出すために、久重が熟練の手わざで仕上げたもので、もはや部品というよりも芸術品に近い。あの『駒割式』にも同じような歯車が使用されていたに違いあらへん！　はよ戻るで、博物館に」

出口に向かっていく那須を追いかけながら、晴香の脳裏をあの和時計に施されたくずし文字がよぎる。

――一寸の虫にも五分の魂。

数々の時計を生み出してきた那須の姿が、かつての天才時計職人、ハリソンや久重の姿と重なった。

6

豪華絢爛に装いを変えた夜のグレートコートは、チェロとピアノの生演奏が流れ、セレブリティの社交場と化していた。しかも今回の展覧会のオープニングは、先日起こったパルテノン・マーブルの騒動を忘れさせる派手な演出だった。ラボの同僚たちと隅で雑談していた晴香は、どこにもスギモトの姿がないことに気がついた。

グレートコートを出て、いくつか展示室を探し回ると、時計の部屋でベンチに腰を下ろしているスギモトを発見した。彼は高所作業車に乗った照明デザイナーと、なにやら楽しそうに笑い合っている。パーティがはじまっても、いくつかの展示室では、照明の微調整や解説パネルの付け替えといった最後の仕上げが、急ピッチで進められているようだ。

「お疲れ様です」

晴香は言って、背もたれのないベンチに、スギモトと背中合わせに腰を下ろす。

「パーティには参加しないんですか」

「ああ、俺はこの時間の展示室が一番好きなんだ。面倒を見た作品が、やっと完璧な状態で並んで、あと小一時間もすれば、多くの招待客の目に触れることになるっていう束の間のひと時がね」

しばらくすると照明デザイナーは別の展示室に移動し、辺りを時計の針の音が満たしていった。

「改めていろいろありがとうございました。グリニッジ天文台のことも。おかげで虫歯車のヒントが得られました」

「それはよかった。じつは俺の方でも、あの和時計を日本から持ち帰ったイギリス人について、あれから少し調べたよ」

晴香は思いがけない報告に、彼の方をふり返る。

「そのイギリス人は明治初期に日本政府から雇用された『お雇い外国人』の一人で、鉄道技術を伝えていた人物だった。その人物の手記を辿ったところ、あの和時計の歯車を抜いたのは作者本人だった、と店主に言われていたみたいだよ」

「田中久重が、ってことですか？　どうしてそんなことを」

「それは分からない。ただ言えるのは、久重は晩年和時計をつくらなくなっていた。自身の最高傑作ともいえる『万年時計』をつくって満足したのか、あるいは、無用になった和時計をつくっても人の役には立たないと思ったのか。でも心のなかでは、何十年と挑戦しつづけた和時計の技術が失われることを、残念がっていたに違いない」

「なるほど」

「ここからは推測の域を出ないが、久重が抜いたのが和時計に特有の、左右非対称な虫歯車であることを考慮すると、ひょっとすると久重は、那須さんのような和時計の職人がいつかまた現れることを期待して、ひそかに挑戦状を出したんじゃないかな？　虫歯車をふたたび戻してほしいと、心の隅で願いながら。和時計が使用されなくなって、存在を忘れ去られたとしても、もの自体は残ると信じていた」

晴香は肯く。

それにしても、こちらに仕事を丸投げしたと思っていたスギモトが、じつはそんなことを調べてくれていたとは。よく考えれば、他の部門のコンサバターたちがこの忙しい時期に嫌な顔ひとつせず、那須や晴香に協力してくれたのは、彼らのトップに立つスギモトが裏で手を回してくれていたからではないだろうか。

——もちろん、本人はそんなこと口に出さないけどね。

いつだったか、フラットシェアの誘いを受けるかどうかを迷ったときに、パピルス専門の同僚から言われたことを思い出す。

「ありがとうございます」と晴香は頭を下げた。

「いや、礼を言うのはこっちの方さ。ジュネーブの空港で全部計算だって言ったけど、あれは半分くらい嘘だよ。君がここまでちゃんと那須さんをサポートするとは、正直思ってなかった。たぶんあの人が『駒割式』を修復できたのは、君が助手として優秀じゃないわけじゃなかったからさ」

「……二重否定ですけど、貴重な褒め言葉として受け止めさせてもらいますね」

「ああ、試用期間も終わり。今後もよろしく頼んだ、晴香」

はじめて名前で呼んだあと、スギモトは体を捻って晴香をまっすぐ見つめながら、握手を求めてほほ笑んだ。その笑みは見たこともないくらい親密で、優しげで、なにより嬉しそうだった。晴香は頬がぽっと熱くなる。あれ？　なんだろう、この感情は。やっと展覧会が始まり、気持ちが昂っているせいだろうか。

「そろそろパーティもお開きで、人が来る頃だな」

スギモトは腕時計を一瞥して言った。

遠くの方で、拍手が起こるのが聞こえる。

「スギモトさんは、ああいう晴れ舞台に出ないんですか」

「性分じゃなくてね」

「でも今回の展示替えで、一番多く作品を手掛けたのはスギモトさんですよね？」

「見てるやつは見てる。それで十分じゃないか」

そう言って、スギモトは自らと晴香を交互に指した。

キザなひと！

そう呆れながらも、晴香はなぜかさらに顔が熱くなり、心臓までどきどきする。どういうことだろう。こちらを見つめながらほほ笑むスギモトは、いつもフラットで家事にだらしなかったり、スポーツ観戦をして大人げなく一喜一憂したり、スイスでまったく頼りにならなかったりした不真面目な男とは、別人のようにカッコいいではないか。

晴香は勢いよくベンチから立ち上がった。

「どうした？」

「いや、えっと……那須さんがスギモトさんと話したいって言ってたんで、ちょっと呼んできます」

CONSERVATOR

コレクション3

古代エジプトのミイラ

していた。

ロンドンから車で南へ二時間の郊外にある私立病院のＣＴ室で、一大プロジェクトが進行していた。

マシンを操作する放射線技師の女性にとって、これほどの緊張感が漂うなか、関係者に見守られて作業を行なうのは、研修医時代以来だった。自ずとマウスを握る手のひらにも汗が滲む。

しかも彼女がＣＴスキャンを行なう対象は、「生きた患者」ではない。十数年のキャリアのなかで、想像もしなかったはじめてのもの——はるか昔に亡くなった人の永久死体、人工的なミイラだった。

ガラス窓を隔てた撮影室で、大英博物館のスタッフたちが台のうえにミイラの入った木棺を横たえる様子を、技師は眺める。

なんでも、そのミイラは収蔵庫に百年近く眠っていたらしい。

木棺の表面には、頭頂部から足先まで、細かな装飾が施されている。神聖文字ともいうヒエログリフが、下半身部分をボーダー状に埋め尽くし、腹部回りには犬や鳥の頭部を持った神々が、みな同じ方に向かって並ぶ。

事前に渡された資料によると、その神々は赤い布を着ている死者の手を引いて、心臓の重さを測る天秤の前へと連れて行く最中だという。《死者の書》と同じく、「最後の審判」の場面がこの棺には描かれているのだ。

技師にとっては日常的なこの場所で、これほど間近に古代エジプトの棺を目の当たりにするなんて、じつに奇妙な体験だった。古代エジプト人は死後の世界を信じていたというけれど、この現代的なCT室も、彼らの望んだ「死後の世界」なのか。

やがて大英博物館のチームがこちらの部屋に戻り、

「スキャンをお願いします」

と言った。

彼女は肯き、マウスをクリックした。

ゆっくりと台が動いて、棺がドーナツ状のCT装置の穴をくぐっていく。赤い光のラインがミイラの足先から、徐々に頭に向けて流れる。こうして内部が三百六十度さまざまな方向から撮影され、3Dの立体画像が作成される仕組みなのだ。

「CT検査はミイラの体内の隅々までを非破壊で分析する、最良の方法なんです」

古代エジプトが専門だという大英博物館のキュレーターは、その様子を見守りながら言った。

「それに身分の高い人のミイラは、比較的これまで研究が進んできましたが、彼女のように名もなき庶民のミイラを解析した例は、まだ少ないんです」

「女性なんですね」

「ええ、大きさや装飾模様から、そう推定されています。ただし、どこで誰が発掘したのか、まったく記録が残っていないんですよ。唯一分かるのは、百年ほど前に大英博物館がスコットランドのとある貴族から寄贈を受けたという点だけでしてね。だからどんな発見があるのか予想もできなくて、びっくり箱みたいなものです」

「ずいぶんとシュールなびっくり箱ですね」

技師が言うと、キュレーターは笑った。

「なんせ、数千年以上開けていないであろう箱ですから」

院長によると、この病院はミイラ分析に数年間協力する、という契約を大英博物館と結んだというから、これから数々のミイラをスキャンするのだろうか。人だけではなく、雄牛、ワニ、猫、鷹といった多くの神格化された動物も、ミイラにされたらしいが、獣医学でも学び直そうか。

完了を知らせる電子音がして、彼女はわれに返った。

パソコンの画面上に、その内側の画像が表示される。

キュレーターをはじめとするスタッフが、固唾（かたず）を呑んでモニターを見守るなか、技師は現れた画像をひとつずつ確認していく。

「残念ですが」

そう言って、彼女はキュレーターの方をふり返った。

「これは……」

「ええ、見ての通り、なかは空洞です」

ボールペンでモニターの細部を指し示しながら、キュレーターに説明する。

「木棺の底辺に、金属が打ち込まれている影が見てとれます」

「釘か……当然古代エジプトにはなかったものだから、何者かが後世になって、この棺を無理やりこじ開け、閉じたということかな」

「ひどいことをする人がいるんですね」

「でも珍しくはないことです。庶民のミイラは、発掘されたあとで違法に売買されて、持ち主からひどい扱いを受けたものが多いので。彼らは取り出した中身の包帯を無理やりはがし、無残な姿にしてしまうという『解体ショー』をよく行なっていたといいますし――」

キュレーターの説明を、彼女は遮る。

「待ってください、なにかあります」

「人体の一部ですか」

「分かりません。でも金属類ではなさそうです」

それは有機物らしき、かすかに確認できる影だった。

1

ロンドンでは、汗ばむくらいに晴れることがあると、市民は休暇をとるか早退をするかして、これでもかと好天を謳歌（おうか）しようとする。大英博物館でも青空に夏の雲が浮かんだ日には、ランチタイムを過ぎても何人かはそのまま帰ってこない。

好運にも快晴と週末が重なったある日、晴香は二階でスギモトが仕事に勤しむ傍らで、ソファに寝そべりノートパソコンに向かっていた。

【国籍】　日本
【職種】　専門職
【趣味】　料理／食べること／走ること
【異性の好み】　神経質ではない人／食の好みが合う人／せめて味覚音痴ではない人／屁理屈をこねて煙に巻いたりしない人／集中しても服を脱がない人／そのときに着ているもの全部を塊にして脱がない人／そしてその塊をほったらかしにしない人／こちらが善意でそれを片付けても文句を言ってこない人／そ

のあと反省したのかアイスを買ってきてフォローを

「ものすごい勢いでキーボードを叩いてるから、なにかと思ったら」

ふり返ると、スギモトが立っていた。

「勝手に見ないでください！」と言って、晴香は勢いよくパソコンを閉じる。

「『トゥルー・ロマンティックス』、出会い系か？」

「……今私のこと、ばかにした」

「ばかにする？　まさか！　なんなら、ちゃんとした相手と出会えるように協力してやりたいくらいさ」

茶化してくるスギモトの方を見ないで、晴香は冷たく答える。

「お気持ちだけ、ありがたく受け取っておきます」

「君は本当に面白いな……あれ、怒ることないだろ」

いったい誰のせいだと思っているのだ！

オープニングであの笑顔にときめいて以来、晴香は不本意にも彼を意識してしまう日々がつづいていた。たとえば見つめられると視線を逸らさずにはいられないし、手がぶつかったりすると芸人のようにオーバーリアクションをとってしまう。そのうえ四六時中、彼のことが頭から離れないのだ。

しかし助手の立場で本当にそんな感情を抱くくらいなら、ベイカー・ストリートでどじょうすくいをした方が百倍マシである。

新しい恋人ができれば、火消しできるのでは？　そう思った晴香は、平穏な日々を取り戻すべく相手を探すことにしたが、生まれてこの方、積極的に恋人を探した経験なんてなく、どこに行けば都合よく出会えるのか、皆目見当もつかない。仕事に関しては努力してきた自負もあるけれど、恋愛についてはまったく自信がないのだ。そこで手っ取り早く出会い系に登録することにした。

そのサイトを教えてくれた友人は、ロンドンで知り合った一番の親友である。彼女からは、昔の恋人に連絡してみるのもいいんじゃない、とも提案された。しかし晴香は絶対にそれはできないと答えた。

――君は恋愛をしてはいけない人だよ。

長く付き合っていた恋人から、最後に言われたことだ。

――目標に向かって頑張るのはいいけれど、そうやって生きている限り、君にとってパートナーは必ず邪魔になるだろうね。

たしかにその通りだと思った。

本当にやりたいこと、やるべきことを優先して、それに全力を注いでいると、まともな恋愛をしている暇はなくなる。たとえ出会い系アプリを使って真剣な付き合いのできそうな人と運良く出会えたとしても、なにより晴香自身に何回もデートをしたり、相手に気を遣ったりマメに連絡したり、そんな時間と労力を費やす余裕がない。

こんな風にもたついているうちに、親がたびたび忠告してくるように、女性としてのいろいろなリミットは容赦なく忍び寄る。世の中の仕事に身を捧げている女性たちは、いったいどうやってこういうことに折り合いをつけているのだ。自分がただ不器用なだけなのだろうか。

でも頭のどこかで、大多数の生き方に追随することが正解とは限らないとも思う。それにさまざまな価値観が溢れるこの国にいると、規範にのっとって優先順位を決めるなんてばからしくなる。いやはや、本当の幸せはどこにあるんだろう。

晴香はため息を吐き、ノートパソコンを脇に置く。

なんとなくスギモトの机のうえに目をやると、段ボールで代用した漆風呂と呼ばれる漆を乾燥硬化させるための箱と、部分的に欠けた陶磁器があった。ここ数ヶ月、スギモトが手間暇をかけて金継(きんつぎ)している、韓国の「粉青沙器(ふんせいさき)」である。

「粉青沙器」は、李氏朝鮮時代のはじめに開発された、磁器と陶器の中間的なものである。

灰緑色の鉄分の多い陶土に、白い釉薬（ゆうやく）をかけてから模様をつける。日本には「三島手」として伝来した。

大英博物館にコレクションされている「粉青沙器」は、十五世紀に朝鮮半島でつくられたあと日本で金継がなされた。日本に特有の修復方法である金継は、イギリスでは大変な人気があり、今回の「粉青沙器」も金継してほしいという依頼らしい。

近寄って観察するとすでに接合、穴埋め、粉蒔きなどの作業は終わり、仕上げである磨きに入っているようだった。

「あれ、メノウを使うんじゃないんですね」

スギモトの手に握られている棒の先端には、琥珀色のメノウ石でなく、白い欠片が取り付けられている。

「鯛牙だよ」

「タイキ？」

「鯛の歯さ。犬の歯を使う場合もあるけどね。メノウのような石で磨くよりも、器への負担が少ないいんだ」

「へぇ」

そうそう、こんなことにばかり興味を持ってしまうから、私って恋人ができないんだろうな、などと考えていると呼び鈴が鳴った。

鍵を開けに行くと、玄関の前には、四十代半ばくらいの男性が立っていた。くたびれた雰囲気があって、背が高い。イギリス人だろうか、その顔立ちは誰かに似ているような気もする。彼は晴香を見るなり「君は誰かな」と、穏やかな低い声で訊ねた。

「誰って、あなたこそ」

「もしかして、ケントの新しい恋人？」

「違います」と晴香は即答する。「スギモトさんとは同僚で、フラットシェアさせてもらってるだけです」

「ひょっとして君が――」

「その声はと思ったら、やっぱりお前か！」

いつのまにか階段を下りてきたスギモトが、男性を見るなり叫んだ。

「やぁ、久しぶりだな、ケント」

「あの、この方は？」

晴香がスギモトに訊ねると、彼はすかさず答える。

「紹介しよう、この男は『ヒヨコちゃん』だ」

「ヒヨコ？」と晴香は首を傾げる。

「この柔らかそうな頭髪を見てみろ！」

そう言って、スギモトは男性の頭頂部を撫でようとする。

「おいおい、相変わらず失礼なやつだな。私の名前を忘れたのか」と男性は苦笑し、晴香に手を差し出す。「とつぜん押しかけてすみません。私はケントの従兄の、マクシミランという者です」

三階のキッチンで、晴香はマクシミランのために紅茶を準備しながら、スギモトに「なんとなく似てるなと思ったんです。一人っ子って聞いてましたけど、実のお兄さんみたいですね」と声をかけた。

「やめてくれ。俺にそんなつもりはない」

晴香は手を止めて、不審な目でスギモトを見る。

「なぜです？　さっきから冷たいっていうか、やけに攻撃的ですけど」

「信頼できないやつだからだ」

「まさか、とてもそうは見えませんよ」

「知り合えば分かる」と言って、スギモトは鼻を鳴らした。

「なんの話かな？　ところで、これはあなたに。日本では他人の家を訪問するとき、テミヤゲを持っていくと聞きまして」

いつのまにかキッチンに現れたマクシミランは、紳士的な笑顔を浮かべて晴香に紙袋を手渡した。なかを覗くと、イギリス生まれの伝統菓子、茶色いファッジが透明のパッケージとリボンで包装されて入っていた。

「わざわざありがとうございます！」

「あなたのことは先日、ミセス・ベルに会ったときにお伺いしましたよ。お会いできて光栄です。ハルカさん、とお呼びしてもいいですか」

「もちろんです」

晴香は自然と顔がほころんでしまう。そのとなりで、スギモトは紙袋を覗きこんで顔をしかめる。

「よくもまぁ、こんな不味くて体に悪いものを」

「あ、ケントはファッジが嫌いなんだったな。砂糖とバターと牛乳のみでつくったこのファッジを見るだけで、猛烈な吐き気が押し寄せるんだろ？　小さい頃から、よく面白い反応してたもんな」

「どうも、俺の好みを知ったうえで、あえて選んでくれたなんて感激だよ」

スギモトの面倒くさそうな反応を、マクシミランは楽しんでいるようだ。やはり仲の良い従兄弟ではないか。マクシミランは晴香から紅茶のカップを受け取ると、ソファに腰を下ろした。

「で、用件は」とスギモトがぶっきらぼうに訊ねる。

「じつは私も、叔父のことを調べてみてね」

「また余計なことを！　そもそもなぜ失踪したと知ってるんだ？」

「ロンドン警視庁の美術特捜班にいて、あれほどの骨董商の失踪事件が耳に入らないわけないだろう」

なるほど、この人だったのか！

晴香は心のなかで膝を叩いた。パルテノン・マーブルの事件が起こったとき、ミセス・ベルや刑事との話題にたびたびのぼった、スギモトとつながりのあるロンドン警視庁の人間というのは、この従兄を意味していたのだ。

「先日はお世話になりました」

晴香は改めて自己紹介をして、頭を下げた。

「当然ですよ」とマクシミランは晴香に向き直って言う。「ああいうときに露出しておかないと、美術特捜班は存続すら危うい。事実、人数も少ないし、一度解体されてしまった部署ですからね。警視庁内でも、冷遇される一方です」

「どうして冷遇を？」

晴香が素朴な疑問を口にすると、マクシミランは熱を込めて話しはじめた。

「美術品をめぐる越境犯罪は、麻薬、マネーロンダリング、武器の不法取引についで四番目にランクインします。にもかかわらず、警察みたいなマッチョな世界では、文化だの芸術だのという高尚なものは、白い目で見られがちなんですよ。たとえば人命に関わる事件なら、警察は条件なく同情します。しかし曽祖父が購入した絵画を盗まれたという、広さ千エーカーの土地を所有、百室の部屋を備えた大邸宅にのうのうと暮らすナントカ卿には、『絵だけで済んでよかったじゃねぇか』って、みんな本気で思うわけですよ。しかもそのナントカ卿が、それ以外にも百点以上の絵画を持っていたなら、『一枚くらいどうってことないだろ』ってね」

「たしかに」

晴香がくすりと笑うと、マクシミランは親しみやすい笑みを浮かべた。

「だからこのあいだみたいに公立の美術館で事件が起こると、特捜班が存在するいい口実になるわけです。といっても、警察の連中はこう思っていたでしょうけどね。『作品には保険がかけられているわけだし、他に捜査すべき事件が山ほどあるじゃないか』って。いやはや困ったもので――」

「ご苦労なことだ」とスギモトがマクシミランの話を遮る。「まったく頭が上がらないよ。ストレスフルな立場で、君はよく頑張ってる。で、こんな天気の良い日曜日に、うちへわざわざ愚痴を言いにきたわけか？」

マクシミランはスギモトの方に向き直った。

「まさか。ケントがなにも相談してくれないどころか、電話にも出てくれなかったものだから、叔父について勝手に調べさせてもらったよ。クレジットカード、銀行口座、スマホの通話記録、その他ポートベロー通りの防犯カメラの映像などなど。いずれも目立った手がかりは得られなかったが、分かったこともある。叔父は失踪する直前、エジンバラに滞在していた」

「エジンバラ？　あのただただ寒くて暗くて陰気な田舎にか」

「目的は分からないが、近くにいるのかもしれない。あ、でもケントはエジンバラに苦い思い出があったんだったな」と言って、マクシミランは含み笑いを浮かべながら、思わせぶりに言った。

「苦い思い出って？」

晴香が訊ねると、マクシミランは上体を近づけ、小声で囁く。

「地下を怖がるようになった原体験ですよ」

「例の、地下恐怖症の？」

「ええ、その通り。というのも――」

スギモトが深いため息を吐いて、二人のやりとりを遮る。

「それより、伝えたいことはそれだけか？　用件が済んだなら早く帰ったらどうだ」

「冷たいなぁ。せっかく久しぶりに会いにきてやったのに。君がこのフラットに住むことができているのも、私がわざわざ両親を説得したおかげだって忘れたのか？　そんな恩知らずな男と暮らすなんて、苦労も多いでしょう」

最後のところは晴香に向かって、マクシミランは言った。

晴香はティーカップを持ったまま「はぁ」と曖昧に肯く。

「こいつは本当に俺のことが大好きみたいで、俺の恋人にちょっかいを出すのが趣味なんだ」とスギモトは横から晴香に言う。

「え？」晴香は口をぽかんと開ける。

「おいおい、まだ根に持ってるのか？　学生時代の話ですよ。しかもケントには他に何人も相手がいて。だからちゃんと彼女を大切にしないと痛い目に遭うぞっていう、ある種の親切心です」とマクシミランはまたしても晴香に言い、立ち上がった。

「ほう、親切心で三回もか。しかも一度はこのフラットで」

た。

「いや、四回だよ」

「晴香、こんな男を信用できると思うか？」

従兄弟は黙って睨み合う。

イギリス男子の自由な恋愛観とブラック・ジョークの応酬に、晴香は若干引きはじめていた。

「あの……喧嘩ならご勝手にどうぞ。私はこれから外で人と会う約束があるんで、もう失礼してもいいですか」

するとスギモトは「俺だって出て行くさ」とドアの方に向かう。

「待て、まだ話は終わってない」

「じゃあ、早く言えよ！」

スギモトは頭を抱えて、ソファに座り直した。いつもは飄々（ひょうひょう）として人を食ったような態度をとるスギモトを、ここまで苛々（いらいら）させるマクシミランは相当の強者だ。

「そうだな、挨拶はこの辺りにしておいて——」

マクシミランはそう言うと、ふざけたやり合いをしていたときとは一変して、真面目なトーンになった。「信頼できる筋にいくつか当たってみたところ、ひょっとすると誰かから脅迫を受け、やむなく身を守るために姿を隠した、あるいはもっと悪い状況を想定すると、彼の身に危険が及んだという可能性もある」

するとスギモトの方も、まるで阿吽（あうん）の呼吸でチューニングを合わせるように「どういうことだ？」と声を低くする。

「叔父の骨董店は、最近経営がかなり傾いていた。いろいろと要因は重なっていたみたいだが、一番の理由は同業者からの営業妨害だ。その同業者の息子は、保守党議員をしているウィルソンって男だよ」

「最近人気の出てるポピュリストか」

「ああ、ウィルソンの父親は数年前に引退しているが、叔父と長いあいだ揉めていたみたいでね」

「でも骨董商だったら揉めてる相手ばっかりだろ」

「その通りだがそういうちょっとした情報が、なんらかの鍵になる場合もある。過去になにがあろうと、性格が違おうと、君は私にとって弟みたいなもんだ。困ったときは助け合おう。また分かったことがあったら、連絡するよ」

2

展覧会が開幕したあと、大英博物館では多くのスタッフが夏休みをとっていた。マクシミランが訪ねてきた翌日、晴香は閑散としたラボで、来月に迫った論文発表の準備をしていた。するとエジプト美術専門のキュレーターが「スギモトと君に折り入って相談したいことがある」と訪ねてきた。

「これを見てほしい」

キュレーターが二人に見せたのは、一基の棺をうつした、モノクロのCTスキャン画像だった。

「先日CT検査をした、古代エジプトの木棺だ。結論から言って、なかにミイラは入っていなかった。足の部分に打ち込まれた釘の痕跡から判断する限り、大英博物館が購入するよりも前に、何者かによって盗み出されてしまったんだろう」

「残念だが、空っぽならしょうがない」

スギモトが肩をすくめると、キュレーターは「いや、そう判断するにはまだ早い。よく見てくれ」と画像の一部を指した。

注意深く観察すると、うっすらと白い影が浮かびあがっている。

「こりゃ、なんだ。『死後の世界』に旅立ちそこねた臓器か？」

自分のジョークにぷっと笑っているスギモトに、晴香は「不謹慎ですよ」と突っ込む。

その様子に苦笑しながら、キュレーターが言う。

「相談したいのは、この影の正体はなにかってことだよ」

まもなく一基の木棺がラボに運び込まれた。

黄金色に塗り立てられた王族や裕福な人たちの棺に比べると、装飾の色彩は地味である。おそらく名もなき庶民のものだろう。ただし、近年ではこうした庶民の棺の方が、関心が集まっていると聞いたことがあった。

「ミイラほど、多くの情報を探り出せる対象物はないんだよな。ものを丹念に読み解くことの大事さを教えてくれる」

スギモトは目を輝かせながら、木棺を舐めるように観察しはじめた。

たしかにミイラからは、数千年前に生きた人々がどのように生き、なにを崇拝し、なにを食べていたかまで解明できる。しかも科学の発展のおかげで、さらに細かく正確な答えが得られるようになった。

「でも問題なのは、どうやって木棺を傷つけずして、影の正体を突き止めるのかっていうことだよ。木棺の破損につながるから、むやみに釘を抜きとりたくはなくてね。だから君の知恵を借りたくて、直々にお願いしにきたってわけさ」

「マジシャンでも呼ぶか」

しかしキュレーターが真顔なのを見て、スギモトは笑うのをやめた。

「発想を転換しよう。まず大事なのは、影を取り出すことじゃなくて、影の正体を突き止めることだろう？　だったら、ファイバースコープを隙間から通して様子を見てみるのはどうかな」

「いいアイデアだ」

大英博物館にある極細のチューブ状のファイバースコープは、医療用内視鏡や災害救助などの現場で使用されていたものを、スギモトが文化財向けに改良した機材だ。最初に実用化した目的は、所蔵品だった乾漆造の仏像のなかに眠っていた、小さな胎内仏を調査するためだったらしい。

やがて水槽に空気を送り込むポンプのごとく、ファイバースコープの先端が棺の隙間から挿入された。

モニターにうつし出されたのは、表面の地味な色合いとは対照的に、鮮やかな色彩でもって、ヒエログリフがびっしりと施された棺の内側だった。しかしその場にいた全員を唖然とさせたのは、そうした装飾以上に、ＣＴスキャナーに読み取られた白い影の正体である。数十センチの大きさの古い革製の袋が複数あり、そのひとつは破れて中身が露出していた。

キュレーターが声を大きくして言う。

「Bank of Scotland……現金だ！」

「ミイラを盗んだ代わりに現金を詰め込むなんて、ずいぶん親切な強盗だな」

冗談っぽく言いながらも、さすがのスギモトも驚きを隠せないようだ。

「それにしても、見たこともないくらい古い紙幣ですね」

「以前、紙幣をテーマにした展覧会に関わったときに、少し調べたことがあるんだが、おそらくこのデザインは、今から百年は前のものだと思う。この束の厚みと量からして、ざっと一万ポンドにはなるだろう」

キュレーターが言い、晴香はすかさずスマホで検索する。

「当時の一ポンドは、今の四十ポンド以上の価値があるそうです。つまり百年前の一万ポンドは、四十万ポンド以上の値打ちがある、ということになりますね」

日本円に換算すると約六千万円。百年前の紙幣が、いまだに有効なのかは分からないけれど、少なくともそれだけの価値を持った大金が、ミイラの代わりに木棺に隠されていたことには違いない。

「ちなみに、このミイラのもとの所有者は？」とスギモトが訊ねる。

「エジンバラにいる marquess だ」

キュレーターの答えに耳慣れない単語があり、晴香は「マイクィス？」と首を傾げる。

「五段階ある爵位のひとつだよ。公爵、侯爵、伯爵、子爵、男爵。日本語では『侯爵』に当たる」

スギモトが指折りながら補足した。

「そう」とキュレーターは肯き、こうつづける。「元所有者は、スコットランドの名家、ダグラス家の血筋に当たるエジンバラ在住の貴族、ヘンリー・ダグラス＝スコット＝サザーランド卿でね」

「なんて貴族的な名前だ」とスギモトは笑っているが、晴香は一人ポカーンとなる。

「笑い事じゃないぞ、スギモト。中身が空っぽだったならまだしも、多額の現金が入っていたとなると、そのままにはしておけない」

「こういう風に、館内のコレクションに秘められていたなにかが見つかった場合って、もとの持ち主に返却することになるんですか」

気を取り直して訊ねると、キュレーターは「いや、どうだろう。たとえばそれが関連資料や古文書など、作品に付随するものだったら、コレクションの一部としてともに保管することになるが、現金ってなると、ちょっと前例を知らないな……どうだ、スギモト」と渋い顔で訊ねる。

「寄贈の際の契約書にも『現金が入っていたら』なんていう項目は、準備されてないはずだが、持ち主に返すことにはなるだろう。ただし所蔵品である以上、なぜこの棺のなかにミイラではなく現金が入っていたのか、いつ、どういった経緯ですり替えられたのか、調べる必要があると思う。そのために一度、元所有者である侯爵を訪ねてみるべきだろう」

「なるほど。いやはや、困ったな。これから一ヶ月間、エジプトで発掘調査に参加することになっているんだが——」

スギモトはぱちんと指を鳴らした。

「だったら、俺に任せてくれないだろうか？　じつは近々、エジンバラに行こうと思ってたんだ」

晴香は驚いてスギモトを見る。

マクシミランから話を聞いたときは、エジンバラに行く素振りなんて一切見せなかったのに。

「それは助かるよ」

キュレーターは安心したように言った。そうして棺の件は、翌日から何度か会議にかけられ、元持ち主である侯爵にも報告がなされた。晴香はスギモトとともに、エジンバラに出張することになった。

ロンドン最大のハブ駅のひとつであるキングス・クロス駅からは、スコットランドを含めたイギリス北部に向かうナショナル・レールが発着する。駅前は、今にも雨の降りそうな曇り空にもかかわらず、花やパンを売る出店で賑わっていた。

発着するプラットフォームの番号や遅延情報をぎりぎりになってから告げる電光掲示板の前には、大勢が待機している。『ハリー・ポッター』に登場する、九と四分の三番線の特設撮影スポットは、平日にもかかわらず長蛇の列になっていた。

「なんでお前が一緒なんだ！」

車両に乗り込んだあと、スギモトは紙カップのコーヒーを片手に、四人席のテーブルを隔てて、はす向かいに座るマクシミランに言った。

「ハルカさんから連絡をもらってね」

そう答えて、マクシミランは目の前にいる晴香の方を見た。

「エジンバラに行くのは、お父さんを探すつもりで決めたんでしょう？　まさかマクシミランさんも来るとは思いませんでしたけど、いてくださった方が頼りになりますよ」

スギモトに睨まれたが、晴香は窓の外へと目を逸らす。

「そもそもいつのまに連絡先を交換したんだ」

「いつ交換しようと僕たちの自由だろ？」

と言って、マクシミランは晴香にほほ笑みかけた。

あの日の去り際、スギモトの目を盗んでマクシミランは晴香に「困ったことがあったらメールしてほしい」とアドレスを渡してきた。スギモトの連絡はいつも気まぐれだとよく知っている晴香は、マクシミランに同情し「もちろん」と答えたのだった。

今の晴香はスギモトと二人きりだと気まずいので、同行してもらえるのも助かった。

「それにしても、なんで飛行機じゃないんだ」とマクシミランは問う。

「館のおかしな規定でね。国内の出張は陸路が基本なんだ」

やがて重たい車体を引きずるように発車し、車窓の向こうの景色はあっというまにのどかな田園風景になった。スギモトは早くも飽きたらしく、前方に足を投げ出す。と思ったら、笑顔のセクシーな車内販売の女性に目配せして、クリスプスを買いはじめた。

「ハルカさんから少し事情を聞いたけど、ミイラの元所有者はエジンバラに住んでいる侯爵なんだってね？　じつは僕もその侯爵には、十数年前に起こったレオナルド・ダ・ヴィンチの《糸巻の聖母》盗難事件のときに、少し世話になったことがあるんだ」

「どんな人物だった」

「それが、本人には一度も会わなかった。滅多に面会はしないポリシーらしい。直接交渉を依頼したのに、やりとりは秘書や家族だけに限られていた。噂では、顔を隠して平穏な暮ら

密集する。駅前をつらぬく石畳のプリンセス・ストリートは、欧州各地から避暑に訪れた観光客で混雑し、アジア系はほとんど見かけない。広場では、スコットランド旗を持った市民たちが、独立を叫ぶデモをしていた。

「あー、寒い寒い。夏とは思えんな。人の住むとこじゃないぞ」

絶えず愚痴を言っていたスギモトだが、プリンセス・ストリートの角に立っているバグパイプ演奏者の前で、ふと足を止めた。

「いやはや、この天候にぴったりだ」

スギモトは嫌味なくそう言ったあと、しばらく演奏者の前で動かなかった。

「急がなくていいのか」

マクシミランが言っても、スギモトはじっと耳を傾けている。

そして演奏が終わると、律儀に拍手をして、演奏者の前に置いてあるケースのなかにお札を入れに行った。その金額を見て、晴香は目を見張る。ほんの一曲に、二十ポンドも出す人はいない。演奏者も驚いたのか、スギモトに握手を求めていた。

「どうしてあんなに？」

戻ってきた彼に訊ねると、当然のように言う。

「ここは彼のコンサートホールだからな。この寒いなか、人々に演奏を聴かせるなんて、素晴らしいじゃないか。ああいう文化を支える人たちこそ、守っていかなくちゃいけないだろ」

三人は駅前でレンタカーを借り、侯爵の邸宅へと向かった。マクシミランがハンドルを握り、晴香はナビをするために助手席に座る。

「そうそう、ケントはこの街に家族旅行に来たとき、地下都市ツアーで迷子になって、閉所恐怖症になったんですよ」

「地下恐怖症だ」

スギモトが後部座席から悔し紛れに訂正する。

「エジンバラって地下都市があるんですか」

「ええ、半地下のある建物が目立つでしょう？　ロンドンにも半地下物件は珍しくありませんけど、エジンバラにはさらに深い地下があって、十八世紀には地下十階以上あったと言われてるんです」

「そんなに？　掘るのが大変そうですね」

晴香は目を丸くして訊ねる。

「いや、掘ったわけじゃないんです。産業革命の波が押し寄せたせいで、当時のエジンバラは人口過多が問題になっていました。そこでもとは二、三階だった建物を、どんどん上に伸ばしていった。さらには汚物処理が間に合わず、ゴミだらけになった道路をも高く埋め立てた。結果として、上の階には上流階級が暮らし、もとは地面の高さだった下層階には、貧困層が閉じ込められたというわけです。実際、今走っているこの通りの下にも、昔の地下道が何層にも残っているんですよ」

エジンバラの文字通り根深い闇に、晴香は唖然とする。想像もつかないほどの格差社会が、そこに築かれていたのだ。

「その地下道には、今でも行けるんですか」

「いえ、危険なので、ほとんど埋め立てられました。きっかけはペストの流行です。蔓延を食い止めるために、政府が地下都市をまるごと埋めたんです。当然、陽が射さず汚水の溜まった不衛生極まりない地下では、さまざまな疫病が流行しますからね」

「街をまるごと埋めたなんて……怨念がすごそうですね」

「でしょ？　ケントはそんなところで一晩を過ごしたんですよ。警察や地元のボランティアが捜索して、やっと明け方に見つかったときには、心神喪失状態だったとか」とマクシミランは言ったあと、バックミラー越しに従弟に笑いかけた。

ダグラス卿の所有地は広大すぎて、入口を見つけるだけでもひと苦労だった。一度来たことがあるはずのマクシミランも、ハイウェイのひとつ先の出口から下りてしまい、側道を引き返して、ようやく私道の入口に辿り着いた。

私道沿いには整備された小川が流れ、さまざまな花が咲き乱れていた。芝は刈り揃えられているが、そこを歩く人は一人もいない。すべてはこの敷地内に住む侯爵のために存在するからだ。

途中、なだらかな丘陵に朽ち果てた石造りの建物が並んでいた。それらはおそらく蒸留所の跡地だった。大麦を発酵させ、銅製の巨大なタンクで蒸留し、燻(いぶ)した樽に入れて熟成させていたのだ。

その道をまっすぐ行って林をいくつか抜けると、見渡す限りなにもないひらけた土地の向こうに、宮殿と見まがう屋敷と庭園があった。庭園はすべてが幾何学的に整備され、ヘンリー・ムーアからバーバラ・ヘップワースといった、イギリスの代表的な近代彫刻が点在している。

庭園の脇にあった厩(うまや)の前で車を停めると、急に森閑として自分の息遣いまで聞こえるようだった。パカパカという蹄の音がしてふり返ると、タータン柄のズボンをはいた金髪の女性が、馬に乗って近寄ってくる。

彼女は鞍からひらりと降りると、

「こんにちは、私はダグラス卿の姪です」

と挨拶した。

姪はたくましい肩と腕をしていて、乗馬ズボンとブーツを着こなしている。マクシミランとは顔見知りらしく、「あら、あなたも？」と、彼とスギモトが従兄弟同士だという関係に驚いている様子だった。

彼女は厩から出て来た厩務員に、手綱を渡す。

「では、こちらへどうぞ」

姪に招き入れられた邸宅のなかは、外見に劣らず、豪華な金細工やタペストリーで飾られ、階段、踊り場、客間、そこかしこに絵画が掛けられていた。スコットランドの有名な画家に加えて、ピカソ、マティス、ゴッホ、どれも当然レプリカのわけがない。

晴香は眩暈がして、階段を踏み外しそうになる。日本の美術館に貸し出されれば、入場数時間待ちになるレベルだろう。ふと天井を見上げると、あちこちで監視カメラが作動していることに気がついた。

ダグラス卿の姪は階段を上ったあと、奥の扉の前で立ち止まる。そして三人に向き直り、壁際にあるソファに掛けて待つように指示した。

「ご存知のように、叔父との面会は通常お断りしています。でも今回、大英博物館から例のミイラのことで問い合わせを受け、どうしても直接伝えたいことがあるから、特別に面会したいと叔父が希望しました。ただし条件があります。叔父と会ったことを絶対に口外しないこと。叔父の様子についてもし外部に漏らしたら、法的な措置をとらせていただきます。あとマクシミランさんはここで待っていてください。なかに入るのを許されたのは、大英博物館の方だけです」

そうしてスギモトと晴香は、長々と記された誓約書にサインをさせられた。

通された部屋のなかでまず目を引いたのは、壁にずらりと並んだ監視カメラの映像モニターである。それらは屋敷の隅々だけでなく、庭園や私道を含めた広大な敷地内のあちこちをリアルタイムでうつし出している。

天井が高く分厚いカーテンの引かれた薄暗い部屋の、中央にぽつんと置かれた病院用ベッドのうえで、一人の老いた男が横たわっていた。

「グッド・アフタヌーン」

ベッドが低く唸って、彼の上体を動かした。すべては彼の手元にあるボタンに呼応しているようだ。彼の顔は青白く頬がこけ、シーツのなかに隠れた彼の下半身は、ぴくりとも動かず、徐々に細くなって消えていた。

ダグラス卿であろうその人物は、傍らに立っている執事らしき男に、下がるように指示した。

「はじめまして、お時間をいただきありがとうございます。私はケント・スギモトと申します。こちらは私の助手です」

ダグラス卿はスギモトに向かって唐突に言う。

「これほどの楽園を独占し、超一流の美術品に囲まれて暮らしているのに、こんなに小さなベッドに閉じ込められた私を見て、君は同情しているかな？　でも私はこういう状態になったことを、神に感謝しているんだよ。純粋な魂で美術品に触れることができるようになったからだ。君は神を信じるかね？」

ダグラス卿の話し方は、破裂音がぎこちない。

「古物の研究には宗教的な知識が不可欠ですから、それなりの薫陶は受けてきました」とスギモトは雰囲気に押されることなく答えると、「さっそくですが」と言って淡々と本題を切り出す。

「あなたの祖父が当館に寄贈した古代エジプトの木棺を、先日当館ではじめてＣＴ検査したところ、興味深い結果が得られました。なかに入っていたはずのミイラは何者かに盗まれ、棺には後世の釘でふたたび閉めた痕跡がありました。そして空洞だと思われた内部から、代わりにこれが見つかったんです」

スギモトはベッドの脇にあるテーブルに、ファイバースコープで撮影した紙幣の写真を置いた。

「その写真なら事前に見させてもらったよ」

スギモトは肯くと、こうつづける。

「今まで大英博物館では、コレクションの内部から現金が見つかるという例がありませんでした。これは科学技術が進歩したからこその発見なのです。館内でも議論を呼びましたが、この紙幣は寄贈者の孫であるあなたに返却することになるでしょう。ただしこれを取り出す前になぜ紙幣がなかに入っていたのか、また、なかに入っていたはずのミイラはどこに行ったのか、という一連の経緯を所蔵館として調査する義務があります。だからなにか心当たりがあれば、それを話していただき——」

「君とは神について語り合いたい」とダグラス卿は遮った。「ここに来る連中はやれ作品を買えだの、土地を売れだの……そういう話には飽き飽きしている」

「しかし今は——」

「いや、今こそ、この話をしなきゃいけない、ミスター・スギモト。君の評判は聞いている。

大英博物館での立場が危ういことも、君の父親が失踪していることも、すべて調査済みだ。したがって余計な説明などいらん。いいかね、これは今回の件とも極めて重要な関わりを持つんだ」

ダグラス卿はゆっくりと単語を区切るように言い、スギモトは「どうぞ」と促した。

「自然科学は聖書の記述とぶつかる。地動説に立って惑星の軌道を計算する天文学も、創世記を否定して生命の神秘を解明する進化論も、信仰に喧嘩を売るような内容だ。君が古代エジプトのミイラのなかを覗いて『死後の世界』の正体を暴くことも、神への冒瀆(ぼうとく)ではないだろうか」

スギモトは黙って、ダグラス卿の話に耳を傾けている。

「しかしこうも考えられる。たとえあのミイラを覗いても、『死後の世界』が現れるわけではない。なぜならそれは人々の頭のなか――もっとも侵しがたく、尊い聖域に存在するからだ」

「正確にはミイラではなく、木棺ですが」

スギモトの訂正に、ダグラス卿は口ごもった。

「……つまり私が言いたいのは、木棺を分析できるようになったからといって、神がいなくなるわけではないということだ。私は偶然を信じない。すべてに理由があり、神の意志が働いている。宝くじ、結婚、家柄、病、すべては神が決めることで、それに逆らうことはできない。私がこのように広大な家に生まれたのも、方々で美術品収集をした男の孫に生まれたのも、そして今このベッドから動けないのも、すべてに理由がある」

「私がここに呼ばれたのも、ですね。つまり交換条件がある、と？」

先回りしたスギモトに対して、ダグラス卿は奇妙な笑い声を上げた。

「その通り、君には調べてほしいことがある。私が持ちうる限りの情報を与え、棺の調査に協力する代わりに、私の、いやこの屋敷に伝わる長年の気がかりを解消してほしいのだ」

「気がかり？」

「おい、あれを！」

いきなり痩せた体から大声が出て、となりでやりとりを見守っていた晴香はびくりとする。案外、元気なのかもしれない。ドアの前で待機していたらしい執事が、数秒と置かずにすっ飛んできた。

「私は子どもの頃に、うちの一族には代々受け継がれる秘宝がある、と祖父から教えられた。しかしその秘宝の在り処について、祖父は明かさないまま亡くなった。今ではその正体がなんなのか、本当に存在するのかさえも分からない。このまま死のうにも死にきれないというわけだよ。当然、敷地内は隅々まで調べたが、結果なにも出てこなかった」

「それが今回の紙幣という可能性は？」

「それはない。証拠を見せよう」

ダグラス卿は執事に、古い紙を手渡すように指示した。

「死の床についた祖父が、私に託したものだ」

羊皮紙に壮麗な昔の筆記体で記されており、手紙のようにも見える。日本の古文書と同じで、解読するのには専門知識がいるものだが、スギモトはざっと目を通しただけで「なるほど」と呟いた。

「『いにしえのロージアンにて　時の結晶が　琥珀色の命を授ける』」

ダグラス卿は満足げに肯く。

「ミイラとこのメッセージには、関連性を見出すことはできない。私は今のところ、結果的に宝があの現金に化け、祖先がそれをなんらかの理由で隠す必要があり、空の棺に入れたのではないかと考えている」

「分かりました。ただしその謎を追う前に、ひとつ確認しておきたいことがあります。この屋敷はひょっとして……フリーメイソンのロッジだったのでは？」

「なぜそう思う？」

「この手紙に描かれた『口元からツタの生えた男』の図像を見てぴんと来ました。あなたの人差し指につけられた指輪もそうだし、なによりさっきあなたが口にした神についての考え方は、フリーメイソンの礎にある理神論でしょう。あなたはある種のゲームを課し、私を試していましたね」

「君はなかなか優秀な男のようだ」

「どうも」

スギモトは胸に手を当ててお辞儀をする。

「たしかに、ここはかつてメイソンのロッジとして使用されていた。フェイスブックでのPRやロッジの一般公開をするような、今風のフリーメイソンではなく、古代から連綿とつづく、謎を隠れ蓑にしていたフリーメイソンだ。そんなメイソンたちがこの秘宝を受け継いできたらしい。だからこそ秘密は厳守され、答えが知れなくなったというわけだよ。君は非常に優秀な保存修復士であると同時に、古物の知識に精通しているようだ。ゆくゆくはうちのコレクションの修復も依頼したいが、まずは秘宝の在り処について調査してくれ。うまくいったら、木棺のなかにあった紙幣の全額を、博物館に寄付してもいい。あの紙幣が有効であることは、執事がすでに確認している」

「引き受けましょう」

スギモトは肯き、執事を通じてダグラス卿からひと通りの資料を受け取った。

「ですよね」

「ところで、今夜は君のことが知りたいな」と言ってマクシミランは頬杖をつき、晴香のことを見る。「ケントからハルカさんは日本育ちって聞いたけど、どこでそんな英語を身につけたの？」

「主にはインターネットですかね」

「へぇ、そりゃすごいな。根気がないと、そこまでの語学力は身につかないだろうから素直に尊敬するよ」

いきなりなんなのだろう。でもそんな風に言ってもらえるのは、お世辞でも嬉しい。相手が英語をしゃべれるのを当たり前だと捉えたり、言葉が通じないことの不自由さを想像できなかったりする人もいるからだ。

「つぎの質問。恋人はいるの？」

プライベートに急に踏み込まれ、晴香は面食らう。

「いないです、残念ながら」

「それは勿体ない」

マクシミランはさらりと言った。普段ならこの程度のことには動じないのに、最近うっかりスギモトにときめくなどコンディションが整っていないせいか、晴香はうまい切り返しがすぐに思いつかない。

「私は恋愛下手な人間なので」

「そうなの？　つまり過去に苦い経験があるってことかな」

マクシミランは普段のスギモトと同じように先回りして言う。血は争えない。晴香は酔いに任せて、打ち明ける。

「長く付き合った恋人がいたんですけど、『君は恋愛に不向きだ』ってフラれちゃったんですよ。ちょうど私も大英博物館のアルバイトに採用されて、ここで常勤のチャンスを摑まなくちゃって、なりふり構わず働いていた頃で。情けないことに、愛想を尽かされてしまいました」

と話してから、後悔する。数回しか会ったことのない相手に、なぜこんな話をしているのだ。しかも黙ってこちらを見ている彼からは値踏みされているような空気も漂う。一人の女性としてではなく、大好きな従弟の新しい助手として。

「つぎは私から質問していいですか」

「もちろん」

「どうしてエジンバラにいらしたんですか」

「そりゃあ、従弟の力に――」

「私が知りたいのは、本当の理由です。なにか別に目的があって、わざわざここに来たんじゃないんですか？　たぶんスギモトさんに関することで」

訊くなら、このタイミングしかないと思っていた。この出張のなかで必ず質問するつもりだったのだ。意外な質問だったらしく、マクシミランはグラスを手に持ったまま、晴香をしばらく見ていた。

「どうしてそう思う？」

「とくに理由は……私の思い過ごしだったらいいんです」

「彼に頼みたいことがあってね。詳しいことはまだ言えないけど、ケントの味方であるというのは、紛れもない事実だよ。僕は一人っ子だし、彼のことは年の離れた弟みたいに思ってる。だから君みたいな存在が現れて、ちょっと安心もしてるんだ」

「私ですか」

「最近のケントには本当の意味での理解者がいなかったから。君なら彼の考えていることを理解する専門的な知識もあるし、なにより、ケントを慕ってくれている」

今度は晴香が答えに詰まる番だった。

「そう見えますか」

「はじめのうち、君はケントの話をしてばっかりだったよ」

マクシミランはにっこりと笑った。

「悪いことじゃないさ。久しぶりにケントと会って、落ち着いたなって思ったよ。昔のケントは、周囲全員を敵かばかかその両方かだと考えるようなやつだったからね。とにかく尖っていて、いつも人を攻撃してばかりいるくせに、横から衝撃を受けると簡単に折れる」

晴香は笑って「なんとなく想像できます」と言う。

マクシミランは少し躊躇するように手を口元に当てながらも、こうつづける。

「この際だから、教えてあげよう。じつはケントにも長く付き合った恋人がいたんだ。でも彼女と別れてからは、時間さえあれば株だの競馬だの、アドレナリン中毒だったんだよ」

「それって、アンジェラさん?」

「本人に会った?」

いえ直接は、と晴香は首をふる。

「二人はどうして別れたんですか」

「さぁね、ケントも愛想を尽かされたんじゃないかな? ただし君と違って、彼はあまりにも不真面目だったせいでね」

「アンジェラさんは今なにを?」

「オークション会社でクライアント・リエゾンをしてるよ」

晴香は那須から聞いた話を思い出し、スギモトの母親と同じ職業だと思った。

マクシミランは真顔になってつづける。

「ともかく、昔からケントには弱いところがあってね。非凡な能力を持つと、他人には想像もつかない苦労をする割に、その苦労が他人から理解されにくい。それに幼くして母親を亡くして、父親ともうまくいかなかったのも関係してると思う……って、しゃべりすぎたかな？　ケントに知られたら、またどやされる」

マクシミランは苦笑したが、晴香は「いえ、教えていただけてよかったです」と首を左右にふる。

「ケントには黙っておいてくれる？」

「もちろんです。あの、最後にひとつお伺いしたいんですが、スギモトさんはどうしてお父上とうまくいかなかったんですか」

「叔父は家族相手になると不器用で、ケントがアカデミックな世界に行くことを、素直に応援できなかったみたいだね。博物館は価値あるものの死に場所で、本来あるべき形からどんどん離れてるってケントに言ったりして」

エジンバラ城から、エリザベス女王の避暑地であるホーリールード宮殿まで延びるロイヤル・マイルには、いくつかの細い路地裏の入口があった。それらはクロウスと呼ばれ、人がすれ違えないほど狭い。

「ケントが昔迷ったのは、ああいう路地裏からつづく地下都市のツアーだったんだ。ちょっと行ってみる？」

マクシミランとともに晴香はロイヤル・マイルの坂を上がっていく。やがてスコットランド国教会が誇る、灰色の砂岩で上張りされた背の高いゴシック様式の大聖堂が現れた。その通りを挟んだ反対側に、クロウスの入口がある。

マクシミラン曰く、地下都市が埋め立てられる際、封じ込め作戦として、人々にほとんど告知はなされなかったという。そんな地下都市へとつづく階段は、頑丈そうな鉄格子で封鎖されていた。観光客向けのツアーも終了し、かつての標識と掲示板が残るだけだ。

掲示板には地元のグラフィティライターたちのステッカーや、とっくに終わったイベントの破れたチラシが、雑多に貼り付けられていた。そのなかに、見憶えのある図像――自らの尾を飲み込むウロボロスがあった。

「どうかした？」

「この図像、ポートベロー通りの骨董店に残された手紙のなかに記されていたのと、まったく同じです」

しかし図像の下にあるのは、前回のようなアルファベットの並びではなく、いくつもの釘を横や縦に並べた記号列だった。

「これは？」

「楔形文字だと思います」

すぐさま晴香はその紙をスマホで撮って、発見した場所の位置情報とともにスギモトに送信した。おそらく彼ならその意味を知っているに違いない。すると予想通り、数十秒もしないうちにつぎのような返信があった。

【解読できた。つぎの暗号の答えは「駅」だ】

5

翌朝、免許を持っていないスギモトに頼まれ、晴香は運転席に座った。ギアの切り替えや坂道発進に苦労しながら、少しずつ日本の教習所で身につけた勘を取り戻す。日本ほど道路がつねに整備されているわけではないイギリスでは、壊れにくく修理しやすいマニュアル車が主流だと聞いて、免許をとっておいてよかったと晴香は思った。

辺りは見渡す限り、なだらかな湿地帯だった。山や森林はほとんどなく、せいぜい丘や雑木林が点在するくらいだ。あとは、平和に草をはんでいる牛や羊の群れか、人気のない石造りの農村がたまに通り過ぎていく。

「この先、どっちに曲がりますか」

座席を倒して、くつろぎモードのスギモトに、晴香は声をかける。

「なんか言ったか」

「もう、ちゃんとナビしてくださいよ。私もマニュアル車の運転には慣れてなくて、必死なんですから」

前日運転手を務めてくれたマクシミランは、今朝ホテルのロビーに現れなかった。その代わり晴香のスマホに、【職場から呼び出しを食らって、急きょロンドンに戻らなくちゃならなくなった。昨晩はありがとう。君の手料理を食べられる日を楽しみにしているよ】というメッセージが届いた。

「あの男、わざわざエジンバラまで来るなんてな」

「そういえば、朝食の席で一緒だったみたいですね」

スギモトは目を閉じたまま「そうだな」と呟く。

「やっぱり来てもらって助かりましたね。昨夜クロウスの掲示板で暗号を見つけられたのも、彼のおかげだったんですから」

それに晴香はマクシミランに会ってから、以前のようにスギモトを過剰に意識することもなくなって、ほっとしていた。スギモトの過去について詳しく聞き、客観的に彼のことを見られるようになったおかげだろう。

むしろ晴香は、スギモトに少しずつ共感を抱きはじめていた。晴香自身も異国にいるせいか、昔の失恋のせいか、寂しさが心の奥底で幽霊のようにさまよっている。だから本当に求めているのは、恋人ではなく、一緒にそこまで下りて行ってくれる誰かだった。

「でもあのあと、すぐ帰って偉かったじゃないか」

「なんで知ってるんですか。あれ、ひょっとして、夜中に私の部屋に電話をかけてきたのって……」

晴香が昨晩ホテルの部屋に戻ると、部屋の電話が鳴り響き、受話器をとった直後に通話が切れてしまった。間違い電話だと思って気にしなかったが、助手が部屋に戻ったことを確かめるための着信だったのか。

「まさか、俺がそんな暇人なわけないだろ」

「ふーん」

「とにかく、出会い系でもなんでも好きにやればいいが、あいつだけはやめとけ」

「二人でなに話したか、気になります？」

「妬いてるなら、正直にそう言えばいいじゃないですか」と晴香は気を良くして言う。

「どうでもいいさ」

「というより、あいつは妻帯者だぞ」

「え！」

「いきなり大声を……っておい、スピード出しすぎだ！」

スギモトは慌ててドア上部の手すりを摑む。

衝撃のあまり、晴香はアクセルを踏み込んでいた。

「妻帯者って……」

パブで話したとき、晴香はなんとなくマクシミランに下心があるように感じていた。酒が飲めないとか、スヌーカーが好きだとか、全部こちらに話を合わせているのがバレバレだったからだ。それに加えて、恋人はいるのかとか、いないなんて勿体ないとか、思わせぶりなことも言ってきた。

しかし妻帯者だと思ってふり返れば、彼のどこか余裕のある立ち振る舞いは、それ故のものかもしれない。いやはや、この国の結婚に対する価値観や貞操観念は、いったいどうなっているんだ？　紳士の文化などと言いながら、イギリス男子って本当に信用できない。助手席に座っているこの男も含めて。

二人が向かっているのは、「暗号の大聖堂」とも呼ばれるロスリン礼拝堂である。ネッシーがいるというスコットランド北部のネス湖に並んで、謎を追う者の聖地と言われる。というのも、十五世紀半ばにエジンバラ近郊に建てられてから、テンプル騎士団、ユダヤ教、キリスト教、そしてフリーメイソンとさまざまなシンボルが刻み込まれてきたからだ。

「それにしても、どうしてロスリン礼拝堂に？」

徐々に気を取り直し、晴香は訊ねる。

「古文書に描かれていた『口元からツタの生えた男』のシンボルは、グリーン・マンといって、ロスリン礼拝堂内にある石彫装飾なんだよ。この古文書を残したメイソンたちが、ロスリン礼拝堂にも集まっていたのだとすれば、なんらかの手がかりが得られるんじゃないかと思ってね」

「あの、初歩的な質問なんですけど、フリーメイソンって、たしか『石工』っていう意味ですよね？　それがどうして今では、世界を裏で牛耳る秘密結社みたいに言われているんですか」

「メイソンはそもそも中世の石工組合、つまりギルドが形を変えて、近代的な組織になったものだ。土木建築など、人知を超えるような仕事をしていた彼らは、キリスト教の教義と折り合いをつけるために、新しい思想を必要とした」

「それが、スギモトさんがダグラス卿に言っていた理神論？」

スギモトは両腕を頭のうしろに組みながら肯く。

「神の存在は認めつつ、理性や科学を追究するというのが理神論で、その思想のもとに結成されたのがフリーメイソンだよ。ナポレオン、ゲーテ、ベートーヴェン、教科書に載っているような歴史上の人物は、ほとんどメイソンに属していた。ただし秘密結社という性質上、さまざまな謎があって、真相は俺もよく知らん」

「なるほど」

あまり深く掘り下げない方がよさそうだな、と晴香は思った。

「フリーメイソンの発祥地は諸説あるけれど、一説ではスコットランドであるとも言われている。とくにロスリン礼拝堂の建主であるロスリン伯爵はテンプル騎士団、そしてフリーメイソンに属していた人物でもある。だからロスリン礼拝堂は、古文書のつくられた時代において、メイソンの団結を守るために欠かせない重要拠点だったに違いない」

「『いにしえのロージアンにて　時の結晶が　琥珀色の命を授ける』っていう文言ともつながりますね」

晴香がハンドルを握り直しながら言うと、スギモトは座席を起こした。

「その通り。ロージアンはエジンバラを含むローランド地方の古いゲール語名だ。だから秘宝の在り処は、必ずこの近郊にある。となると、手がかりが摑めそうな場所も自ずとしぼられてくるってわけだ」

平日のロスリン礼拝堂は、寝そべった一匹の黒猫以外誰もいなかった。断崖のうえに位置するため、舗装された庭の柵からはスコットランドの田園風景が見渡せる。低い太陽に照らされた外観は、黒く苔むしている。尖塔や梁には、細部に至るまでさまざまなモチーフの石彫が反復的に施されていた。

スギモトが礼拝堂の入口である重たいドアを開けた瞬間、生温かい風のなかに、古いものに特有の匂いが強く漂った。それは修復を生業とする晴香にとって、慣れ親しんだ匂いだったが、これほど濃厚なものはいつぶりだろう。

やがて室内の暗さに目が慣れたとき、晴香は息を呑んだ。堂内の壁じゅうを埋め尽くすように彫られた装飾が、ひとつひとつ独立して、意味を喚起させるからだ。

いったい誰が、なんの目的で、高さ数十メートルの天井に至るまで壁を覆うこれらの彫刻をつくったのか、多くの歴史学者や美術史家によって幾度も語られてきたものの、真相は依然として不確かだ。

たとえば聖書の物語を語る北側入口付近では、キリストの磔刑と、その十字架を降ろす九人の取り巻き、その反対側には聖ベロニカと、彼女がキリストの汗をぬぐった聖顔布が表されている。

他にも南側通路の天井には、十三世紀に書き残された七つの原罪と七つの善行という、人々にいかに生きるかを示す内容が、子細に彫り残される。多くの聖堂が担った「体験型の聖書」としての役割を、この礼拝堂も同じように果たしていた。

しかしながら、そうではない要素も目立つ。たとえば五芒星、神秘主義思想の神、螺旋状の植物文様、目隠しをした男性像――数えきれないほどの図像が、ロスリン礼拝堂には溢れ、さまざまな想像をかきたてる。

なるほど、人はありふれた真実よりも、魅惑的な嘘を好むというわけだ。

二人の足音だけが、静寂のなかに響いていた。

「あった、これが『口元からツタの生えた男』だ」

スギモトが立っていたのは、レディ・チャペルと呼ばれる、堂内の長方形のスペースだった。イギリスの聖堂では、祭壇や回廊の延長に、こうしたレディ・チャペルが多く設けられる。レディ・チャペルに立って頭上を見ると、古文書に描写されていたのと同じ口から緑を生やした男が、立体として彫刻されていた。

「このグリーン・マンは、自然の成長と豊かさを意味するもので、しばしばフリーメイソンのロッジや石造建築に見られる」

「じゃあ、古文書が意味するものの答えは、このシンボルの近くに？」

晴香が辺りをきょろきょろと見回していると、スギモトは入口の方に視線をやって答える。

「だいたい見当はついてるんだ」

誰も来ないことを確認したあと、彼は大胆にもレディ・チャペルの奥にあった木の扉をゆっくりと引いた。

「か、勝手に入って大丈夫ですか」

「保存協会の人たちに許可はとってある。大英博物館のコンサバターだと言ったら、あっさりオーケーしてもらえたよ」

彼のことだから、出まかせを言っているんじゃないか。そう疑いつつ、晴香は意を決してあとにつづく。扉の向こうには、地下へと石の階段が延びており、一般には公開されていないものの、普段スタッフが出入りしているようだ。

「文献によると、このロスリン礼拝堂でもっとも古いのがこの地下室だ。だからもし手がかりが残っているとすればここだろう。なんせ長いあいだ入口も出口もなく、完全に封鎖されていた空間だったらしいからね」

地下室といっても断崖のうえに建っているために、窓は外界に面しており、明かりがなくても自然光が射し込んでいた。したがってスギモトの地下恐怖症も、そこまで発症していないようだ。するとスギモトは自らのジャケットで窓を覆って遮光したあと、胸ポケットから出したペンライトで壁を照らした。

「これって！」

「俺って本当に天才だな」

なにもなかった地下室の壁面に、突如として星座が瞬くように、いくつかの点と線がぼんやりと発光しはじめる。

「地図でしょうか」

「ああ、ここがエジンバラの旧市街だとしたら、これは礼拝堂、さらに侯爵の屋敷まで描かれている」

「じゃあ、この×印は？」

晴香はすぐさま数歩下がり、壁一面をスマホで撮影する。時の流れとともに肉眼では見えなくなった顔料は、紫外線を発するペンライトによって可視化され、iPhoneの写真フォルダにしっかりと保存された。

×印で示された土地は、かつてロージアンと呼ばれた一帯のど真ん中に位置した。ロスリン礼拝堂からその×印に向かって車を走らせると、目的地に近づくにつれ、車ごと転覆しそうなほどの冷たい暴風が吹き荒れはじめた。灰色に霞む海は、この世の果てのように寒々としている。人気のない海岸道を運転しながら、晴香はハンドルを握る手に力を入れた。

グーグルマップ上では、×印はなにもない空白だった。そんな場所に、遠くから徐々に見えてきたのは、周囲の自然にはそぐわない人工的な造形物である。巨大な歯車のついた鉄塔と、石造りの煙突を晴香は身を屈めてフロントガラス越しに見上げた。やがて道沿いに敷設された細い線路が現れ、朽ち果てたトロッコが数台、打ち捨てられている。

「炭鉱ですね」

「廃墟と化した、な。ダグラス卿はエネルギー産業で財を成した貴族だ。石炭もその範疇に含まれるし、穴を掘るという意味では搾油ともつながりがある」

「じゃあ、ここに例の秘宝があるってことでしょうか」

「楽しくなってきたな」

通り沿いに車を駐めると、スギモトは意気揚々と降りて先を行く。

それにしても、寒くないのだろうか。

湾からは、北からの潮風が容赦なく吹きすさぶ。晴香は念のため持ってきていたマフラーに首をうずめる。日も傾き、七月だとは信じられない体感温度だった。スコットランドの気候は滅多に暑くなることはなく、一年を通して、涼しいか、寒いか、めちゃくちゃ寒いかの三種類らしい。

立ち入り禁止と掲示されたゲートの前には、炭鉱の歴史を記した解説ボードが、ひっそりと佇んでいた。落書きされ、かなり色落ちしているその解説ボードの文章を、晴香は指で追いながら読み上げる。

「この炭鉱は、今から約百年前に閉鎖された。というのも、ちょうどその頃、石炭から石油へと世界の主要なエネルギー源が変化して、大規模なストライキがあったからだ。そのため、この炭鉱も閉鎖されることになった——」

「なるほど。そのあと地元の人たちの意思で、取り壊すのではなく、歴史的な遺産として残すことにしようと決められたものの、管理者がいなくて今は放置されているという、ありがちな現状ってとこだな」

晴香は強風のなかそびえ立つ歯車を見上げた。

鉄道、鉄鋼業と並んで、石炭はイギリスの一大産業だった。十七世紀後半、イギリスの石炭産出率は全世界の八十五パーセントを占めていたと言われる。十八世紀の産業革命はもちろん、その後のイギリスの繁栄にも、炭鉱の存在は不可欠だったのだ。そしてそれを陰で支えたのは、危険で過酷な仕事に従事した名もなき労働者たちである。凍てつくような海風に晒されたこの採掘現場で、汗水を垂らしていた彼らのことを、晴香は想像せずにはいられなかった。

「あったぞ」

トロッコの線路を辿っていたスギモトが、その先に延びる地下通路を指しながら、晴香に言った。少し覗いただけでも、ゆるやかに下に傾斜しながら、線路は先へ先へとつづいているのが分かった。

「ひょっとして、なかに入るんですか」

「他にどんな方法があるっていうんだ」

「たとえば一度ロンドンに戻ってから作戦を練り直して——」

しかしスギモトは晴香の話を完全に無視して、スマホで足元を照らしながら、早々と先に進もうとする。

「今更引き返すなんてできないだろ」

「だったら、私はここで待ってます」

「好きにすればいい」

そう言って、彼は意気揚々と歩いて行く。しかし数十メートル進んだかと思うと、くるりと回れ右をして、足早に引き返してきた。

「ど、どうしたんですか」

「俺が地下恐怖症なのを忘れたのか？　しかも今日二度目。君が先に行け」

「えー！」

「帰ったら好きなものを奢ってやる」

「じゃあ、ソーホーにあるロンドン一高級な寿司屋で好きなだけ食べたい」

「寿司？」とスギモトは眉をひそめる。「よくもそんなリスクの高いものを食べる気になるもんだ。アニサキス、腸炎ビブリオ、水銀中毒、A型肝炎――」

「そんな怖いこと言わないでください。ていうか、そんな態度ならついて行ってあげないですから」

「分かった分かった、寿司屋だな」

「あと、もうひとつ。昨夜の電話、やっぱりスギモトさんですよね」

「まだ言ってるのか、君もしつこいな」と言いつつ、彼は晴香の冷たい視線を感じたのか「そうだよ、俺がかけた。これでどうだ？」と降参したように手を合わせた。

「いいでしょう」

晴香もスマホの明かりを点灯させて、暗闇に包まれた線路をゆっくりと進んで行く。風の吹かない地下道は、地上よりもいくぶん暖かかった。足元は濡れて滑りやすく、ときおり水滴が頭上から落ちてくる。

五分ほど歩くと、分岐点に辿り着いた。片方の穴は木の板で閉ざされ、もう片方の穴はそのままになっている。

「たしかトロッコ列車の線路って蟻の巣みたいに枝分かれするものだから、下手に間違えると戻れなくなっちゃうんですよね」

晴香が及び腰で言うと、スギモトは木の板の方に近づき、「こっちだ」と指した。

「どうして分かるんです」

「この板についた長方形の小窓はフリーメイソンが使用したものだよ。彼らはお互いに仲間であるかどうかを確認するために、独自の合言葉や握手といったサインを工夫していた。メイソンたちは必ずしも字が読めたわけではなかったから、こういう小窓をドアにつくって、相手を迎え入れる前に特殊な握手を交わしていたんだ」

スギモトから手を差し出され、晴香は自分の手を近づける。スギモトは、晴香の親指と人差し指の付け根のあいだの柔らかい部分を、ぎゅっと指で押した。

「これが、特殊な握手ですか」

「お互いにメイソンとして認め合ったところで、先に進もうか」

そう言って、スギモトが軽く木の板を押すと、いとも簡単にその板が動いた。そこから何度か分かれ道を経て、その先に待っていたものに、晴香は歓声を上げた。線路の途中に大量の苔むした樽が、二人の身長よりも高く積み上げられていたからだ。

「密造酒だ！」

「こんなにたくさん」

「でもあり得ないことじゃない。なんせスコッチ・ウイスキーの歴史は、密造酒の歴史だと言ってもいいからね。十八世紀初頭、イングランドに併合されたスコットランドでは、財源確保のために高額の酒税がかけられた。そこでイングランドへの反感を強めた人たちが、人里離れた土地でウイスキーの密造をはじめ、その樽をスレート材の採掘所や採炭場に隠すようになったんだ。それが密造酒のはじまりさ。しかも人目のつかない場所に樽を隠していたおかげで、時間を置いて熟成すると、ウイスキーが琥珀色になって味もまろやかに変わることが発見されたんだ。言ってみれば、密造の歴史がなければ、今のウイスキーの製法は完成していないというわけさ」

「でもまさか、その時代の樽が残っているわけないですよね」

「確かめてみよう」

そう言って、スギモトは樽のひとつの蓋の部分を思い切り蹴り上げた。晴香は咄嗟に濡れないように飛びのいたが、よく見るとウイスキーは一滴も飛び散っていない。

「空っぽ？」

「だな。これで確実に、百年以上前のウイスキー樽だと分かった」

「どうしてです」

樽に穴や隙間は見当たらず、誰かが手を加えた形跡もない。

「天使の分け前（エンジェルズ・シェア）だよ。ウイスキーは、年間で酒樽のなかの約二パーセントが蒸発する。それを昔の職人たちは、天使の分け前と呼んだ。単純計算すれば、五十年間で誰も手を加えていなくても、酒樽のなかは空っぽになってしまうというわけさ。ワインと違って、数百年物みたいに百年単位で熟成されたウイスキーが存在しないのは、そのためなんだ。したがって、これらの樽は、少なくとも五十年以上前に製造されたものということになる。蒸発に伴って樽の形状が耐えきれずに崩壊することも珍しくないが、ここは湿度も高いし海岸にも近いから、形状を保っているんだろう」

晴香はスギモトの話を聞きながら、一部の酒樽にかけられた布に注目する。

「スギモトさん、あれ、見てください！」

その布は、見憶えのあるタータン柄だった。

「馬に乗っていたダグラス卿の姪が身に着けていた乗馬ズボンの柄と、まったく同じじゃないでしょうか？　タータンは代々同じ柄を一族で受け継ぐ、日本の家紋のようなものですよね。だったら、ダグラス卿の一族が守っていた秘宝の正体こそ、この密造ウイスキーだって結論づけられませんか」

「君の記憶力を信じるとすれば、おそらくその収益が、大英博物館の古代エジプトの木棺のなかで忘れ去られていた紙幣だったのかもしれないな。違法な商売だったから、先祖が絶対にバレない場所に隠したんだ」

晴香は興奮しつつも、残念な気持ちになる。

「ここまで来て、肝心のウイスキーは蒸発してしまったなんて」

「いや、落ち込むのはまだ早いかもしれないぞ」

顔を上げると、スギモトの視線の先に、さらに扉があった。

晴香が近寄ろうとすると、「それ以上進むのは危険だ」と制止された。「扉を開けるとなにかが反応する仕掛けになってる」

たしかに目を凝らすと、扉の上部から天井にかけて黒い線が這わせてあり、その先には布のかけられた四角い物体が息をひそめていた。スギモトは近寄って鼻を近づけ、こう結論づける。

「ダイナマイトだ。でもこれで分かったな。本当のお宝はこの酒樽じゃなく、むしろこの先にあるんだって」

6

大英博物館の搬入口に、一台の長距離トラックが入ってきた。守衛がそのトラックを誘導するのを見守るのは、晴香とスギモト、そしてマクシミランだった。

「なんでまた、お前がいるんだ」

「ハルカさんから連絡をもらったんだよ」

わざわざエジンバラまで来てくれたことのお礼を含めて、晴香はことの顚末をマクシミランに事務的に報告していた。あの夜と変わらない笑顔を向けてくる彼から目を逸らしながら、妻帯者なんだよなと改めて思う。それにしても、マクシミランの「頼みたいこと」とはなんだったのだろう。一緒に飲みに行ったものの、彼のことはよく分からない。むしろますます分からなくなったくらいだ。

「お前はどこまで暇なんだ」とスギモトが不愉快そうに言う。「結局、エジンバラでもろくに働かなかったし。税金泥棒なら税金泥棒なりに、少しは仕事しろよ」

「税金で働いてるのはお前も同じだろう？　言わせてもらうが、密造酒はうちの管轄でもあんだ」

「ほー、百年前のものもか？　そんな風に出まかせばっかり言うから、髪の毛が逃げていくる」

「はいはい、じゃれ合いはあとにして」

晴香は言い、トラックの通り道をつくるために二人を脇に押し出す。

運転席から降りてきたドライバーが、荷台から一メートル四方ほどの木箱を降ろしていく。そのトラックはエジンバラから、ダグラス卿が発送したウイスキーボトルのクレートを運んできたのだった。

二人がロンドンに戻ったあと、炭鉱の調査が行なわれたという。

樽が積み上げられた空間の向こうには、ボトルに密閉された古いウイスキーが眠っていた。しかもスギモトの言った通り、不用意にあの先に進むとダイナマイトが爆発する仕掛けになっていたため、その解除に時間を要したらしい。

ボトルのなかで熟成するワインと違って、ウイスキーは樽内でしか熟成しないため、栓もコルクではなく金属のキャップである。だから蒸発することなく、ガラスの瓶に無事に保存されていたのだ。

秘宝の正体を突き止めたスギモトに、ダグラス卿はおおいに感謝するとともに、その年代鑑定を依頼してきた。

クレートをバールでこじ開けると、何重にも梱包された段ボールのなかに、琥珀色に輝くウイスキーの入ったボトルが、三本だけ入っていた。見慣れている市販のウイスキー以上に、色味が薄い。ラベルも貼られていないが、ガラス製のボトルはかなり古そうだ。

「ボトルを開けて味わってみたい気もするが、その価値を考えると気が引けてしまうな」

マクシミランが言う傍らで、スギモトは軽々とそのボトルを手にする。

「ミリオン・ボンドのウイスキーだからな」

これから正式に科学調査部に回され、放射線粒子の検査によって年代鑑定が行なわれる予定だ。

「ところで、叔父のことで、新しい情報だ」

マクシミランが言い、スギモトは顔を上げる。

「あのあと、何人か知り合いのコレクターを訪ねて、情報を集めてみた。すると最近、ある作品について熱心に調べていたという情報が、何人かから寄せられた」

「ある作品？」

「葛飾北斎の《グレート・ウェーブ》だよ」

思いがけないところでヒントがつながり、スギモトと晴香は顔を見合わせた。

CONSERVATOR

コレクション4 HOKUSAI

大小の船がつぎつぎに発着するテムズ川の港は、別れを惜しむ人や、旅立ちを祝う人たちで賑わっていた。

ロンドンの上空は、煤煙と霧、いわゆるスモッグで覆われ、荘重な建物は黒ずみ、人々は絶え間なく咳をしている。工業の近代化によって経済的繁栄をきわめた世界第一の都市、ビクトリア朝末期のロンドンは、多大なる代償を払っていた。

そんな一九〇〇年のロンドンで、八年間にわたる滞在を終え、帰国の途につく日本人の青年がいた。かの夏目漱石がロンドン留学をはじめる、わずか数週間前の出来事である。

「本当に行ってしまうんだな、クマグス」

イギリス人の日本文学研究者フレデリック・ディキンズは、その青年——南方熊楠に手を差し伸べた。

「思い残すことはありませんよ」

二人が交流をはじめたきっかけは、日本での滞在経験もあるディキンズが、熊楠に送った手紙である。

──私にとって息子ほどの世代の日本人が、著名な科学雑誌『ネイチャー』で論文を発表したことを知って、とても嬉しく思います。異国での生活には、苦労も絶えないでしょう。ぜひお力になりたく、一度お目にかかれないでしょうか。

二人は文通やロンドン大学での面会を通じて親しくなった。ディキンズは今まで会ったどの日本人、いや、どの若者よりも知性とバイタリティに満ちた熊楠に、すぐに類い稀な才能を見出した。

「君と喧嘩した日々が、恋しくなる日が来るなんて信じられないよ」

「『竹取物語』のことですね？　あれは私も、言いすぎました」

熊楠はなつかしそうに笑った。

熊楠に金を貸し、生活面での援助をするようになったディキンズは、その代わり、自らの日本研究に関する論文や翻訳についての助言を、熊楠に求めた。普通の感覚なら、自らの世話をしてくれる英国人の仕事を、むやみに貶（けな）すことなどしないだろう。しかし熊楠はディキンズの仕事に、歯に衣着せぬ批判を浴びせたのだった。

とくに辛辣だったのは、『竹取物語』の世界初の英訳である。

苦心した翻訳をさんざんに否定され、ディキンズは黙っていられなかった。大学からの帰途、五ページにもわたる抗議の手紙を書き送った。すると翌日、熊楠からそれに負けない強気な返事があった。

——権威にひれ伏して、間違いを指摘せず、媚びへつらう日本人はいません。

呆れを通り越し、熊楠の不思議な魅力に丸め込まれたディキンズは、それまで彼に貸していた借金を帳消しにし、彼の経済的庇護者になることを決めた。

「大英博物館の館長も、あなたとの別れを惜しんでいたよ」

「あの方にも、とてもお世話になりました」

大英博物館は熊楠にとって、五年間にわたる主要な研究の場所だった。そもそも「大英博物館」と日本語の名前をつけたのも、この男である。熊楠はそこで考古学、人類学、宗教学などの蔵書を読み漁った（あさ）だけでなく、そこを起点にして数多くの人々と親交を結んでいった。

「でももう、あそこに戻ることはありません」

熊楠はきっぱりと言い、ディキンズは苦笑した。

それも仕方ない。なんせ熊楠は大英博物館で二度も、館の理事会で取り上げられるほどの暴力事件を起こしてしまったからだ。

一度目は、日ごろ彼を人種差別的に侮辱し、いやがらせをしていたという閲覧者に、あろうことか頭突きをお見舞いするという驚きの事件。幸い、このときは入館の一時停止処分で済んだものの、一年後に同じ部屋で、他の閲覧者の私語が原因となって、館員と激しい喧嘩をくり広げた。

「道中、飲みすぎてはいけないよ」

「浴びるほど飲んだから、イギリスの酒には飽きました」

そう言って、熊楠は豪快に笑った。

乗船の頃合いを告げる汽笛が聞こえた。

しかし熊楠は、船の方に向かう人たちの群れに、まだ加わろうとしない。

「最後に、今までのお礼と言ってはなんですが」

熊楠が風呂敷から出したのは、ノート二冊分ほどの大きさの厚紙だった。大きさの割に軽いそれを受け取り、ディキンズは「なんだ？」と訝しがる。

「開けてください」

厚紙のあいだに挟まっていたのは、一枚の浮世絵だった。しかもそれはまさに、ディキンズがその解説を世界ではじめて英語で手掛けようとしている、日本の天才絵師の作品に違いなかった。

「北斎の《グレート・ウェーブ》じゃないか！」

「今まで大英博物館にも、美術商にも、どこにも渡さずに手放さなかった唯一の作品です。海外でどうしても生活が立ち行かなくなったときの切り札として、日本から持ってきていましたが、あなたのおかげで手放す必要はありませんでした。もう帰国するわけですから、あなたに持っていてほしい」

たしかに熊楠は、人によく厚意から贈り物をしていた。大英博物館にも二十点近く、鰐口（わにぐち）や香合（こうごう）や着物といった日本の小品を寄贈し、館長から感謝状をもらっていた。また自分と出会う前には、浮世絵を美術商に売り払って生計を立てていたという。

「しかしこんなに素晴らしいものを、どこで手に入れたんだ」

「それは――」

熊楠が答えようとすると、二度目の汽笛が鳴った。

他の乗客たちはもういなくなっている。

「そろそろ時間ですね」

熊楠は歩き出し、ディキンズもつづく。

ディキンズはその贈り物を真作だと素直に信じ込んで受け取るほど、日本美術に不案内なわけでも、また熊楠の摑みどころのない性格に不馴染みなわけでもなかった。熊楠がとある美術商に売った浮世絵が贋作で、こっぴどく相手を怒らせたというエピソードも耳に挟んでいる。

その一方で、歳が離れていても自分のことを唯一無二の友人として慕ってくれた心優しい青年が、そんな失礼な行為を働くとは思いたくもない。

「ありがとう、大切にするよ」

ディキンズは最後に握手を求めた。

「手紙を書きます」

「元気で、さようなら」

ロンドンから日本まで渡航するのには、四十五日以上かかる。途方もなく遠いところにこの友は旅立ってしまうのだ。自分の年齢からして、もう二度と会えないかもしれない。こみあげてくる寂しさをやり過ごしつつ、ディキンズは熊楠との交友が自分の人生にとって大変貴重なものだったことに改めて気づかされた。

1

三百人を収容できる講堂で、プレゼンが行なわれていた。壇上で話をするのは、イスラム美術専門のキュレーターだ。背後のスクリーンには、彼女が購入を検討しているアラベスク文様の食器類がうつし出されている。そのプレゼンに耳を傾けるのは、トラスティー、館長、副館長といった役員の他に、各部門から参加を希望した職員たちだ。

「こりゃまた、高価そうなものを」

晴香のとなりに座るスギモトは、大儀そうに呟く。

多くの美術館と同様、あるいはそれ以上に、大英博物館では新しいコレクションを購入する際、入念な検討が行なわれる。一度収蔵したものは決して転売や処分をしてはならない、というルールが法律で定められているからだ。

そのため購入を希望する場合、キュレーターたちは真贋や保存状態を含めた作品の質、将来的な価値の展望など、膨大なレポートを準備して、上層部やスポンサーを説得しなければならない。

「あの、スギモトさん。どうしてコレクションを手放しちゃいけないんですか？　すでに収蔵庫が足りなくて、新しい場所をロンドン市内に探しているくらいなのに、このままじゃ数が増える一方ですよね」

晴香は小声で訊ねる。

「いろんな意見があるけれど、美術館や博物館が市場のマネーゲームに参加したら、腰を据えて作品の価値づけなんて行なえなくなるだろ？　それに収集活動には購入だけじゃなく、寄贈も大きな比重を占める。信頼すべき寄贈先であるためには、営利活動に結びつくようなことは、決してしてはいけないという考え方だ。ただし君の言う通り、ずっとこの方針で来たせいで、どこもパンク寸前だけどな」

そう言って、スギモトは皮肉っぽく笑う。

「なるほど、美術館のジレンマってわけですね」

何人かのプレゼンが終わったあと、ミセス・ベルがスギモトに声をかけた。

傍らには、日本美術専門のキュレーターであるタミラもいる。四十代前半のイギリス人である彼女は、イッセイミヤケのプリーツを全身にまとい、丸いレンズの眼鏡をかけている。キュレーターにもいろんなタイプがいるが、タミラは記録的な入場者数を叩き出すブロックバスターな展覧会を仕掛けるのが好きなようだ。晴香は働きはじめの頃にタミラがメイン担当を務めた展覧会を手伝い、こう言われた。

——博物館は研究機関だっていう人もいるけど、私は有料の企画展で話題になる派手なことをやって、収益につなげることにこそ意義があると思う。

「頼みたいことがあるの」

ミセス・ベルがつづきを口にする前に、スギモトは答える。

「真贋鑑定ですね」

「盗み聞きしてたの？　あなたの席とは離れていたけど」

「いえ、読唇術です。さっきあなたたち二人が話している姿が見えましてね。北斎の購入を検討しているんでしょう？」

びっくりして晴香はスギモトを見た。思い返せば、彼にはおかしなスキルや趣味が多くある。たとえば休日、大量の南京錠を使って制限時間内に開錠するという謎の特訓をしたり、フラットの屋上で養蜂の巣箱を手作りしていたりする。

「つづきはタミラに聞きなさい」

そう言って、ミセス・ベルは不愉快そうに去って行った。

「やれやれ、また怒らせてしまったようだ」とスギモトは肩をすくめる。

「あなたって、ほんと変わり者よね。どうしてそんな特技があるわけ？」

タミラが呆れたように訊ねる。

「天才だからだよ」

髪をかき上げながら答えるスギモトに、タミラは「やっぱりへんな人」と苦笑した。

そのあと、タミラは会議室に二人を連れて行った。

「スギモトには読唇されたかもしれないけど、改めて説明しておくわ。保守党のウィルソン議員が《グレート・ウェーブ》をオークションに出展する、という知らせがあってね。ウィルソンの父親はロンドンでも有名な画商だったから、真作を持っていてもおかしくない」

ウィルソンとは、マクシミランの情報にあった名前ではないか。

しかしスギモトは表情を変えず、タミラの話を聞いている。

「ただし、その《グレート・ウェーブ》には真作としての証明書がついていない。うちとしても、偽物を購入するわけにはいかない。だからあなたには、その真贋や、状態の良し悪しを見極めてほしいってわけ」

おそらく北斎は、イギリスでもっとも有名な日本人の芸術家だ。

なかでも、日本各地から富士山を描いた「富嶽三十六景」シリーズのひとつ、一八三一年という北斎晩年期の《神奈川沖浪裏》――英語での通称《グレート・ウェーブ》は、世界中の誰しもが一度は目にしたことのあるイメージで、大英博物館でもいつ展示をしても外れたことがない。

はじめて同館が大規模な北斎の回顧展を開催した一九四八年には、終戦直後の貧しい時期だったにもかかわらず、「東洋の天才」の作品を一目見たいという人々が長蛇の列をつくったという伝説もある。

ジャポニスムの代名詞とされる北斎は、マネやドガ、パウル・クレーといった、ヨーロッパの芸術家にも、多大なる影響を与えてきた。その肉筆画や浮世絵は、大英博物館にとっても、長年の収集対象である。

「しかしうちはすでに数点の《グレート・ウェーブ》を所蔵しているはずだろ？　今回ものは、そこまで素晴らしいのか」

スギモトはタミラに訊ねる。

「その意見なら、上層部からも何回か挙がったわ。でもね、今回の《グレート・ウェーブ》は、スポルディング・コレクションに匹敵するほどの質の良さよ。色味にせよ摺りの仕上がりにせよ、うちの既存の所蔵品と比べれば、便器が横にあるバスタブに湯を張って入るのと、日本の秘湯に入りに行くのとくらい違う」

タミラは温泉好きでもあるのだった。

たしかに《グレート・ウェーブ》はおよそ五千から八千枚が摺られたとされ、現存する百枚は世界中に散らばっているが、その質にはばらつきがある。何度目の版なのかによって線や色の鮮明さに大差があるうえ、保存状態もピンキリなのだ。

ちなみに、スポルディング・コレクションとは、アメリカの個人コレクターが収集した世界一見事な浮世絵のコレクションと言われる。退色や紙の劣化を避けるべく、コレクターが美術館での展示も含めて一切の露出を禁止してきたため、奇跡の状態を誇る、究極の「箱入り娘」だ。

「北斎を見せれば客が来る、ということはみんな理解している。とくに最近では、年間来館者数が伸び悩んでいることに危機感を抱いているから、ここで注目を集められる作品に投資することも、やぶさかではないんだと思うの。だからうまくプレゼンすれば勝てる試合よ」

興奮した様子のタミラとは対照的に、スギモトは気だるそうに頬杖をついている。

「状況は分かった。だが、オークションに参戦するなんて、ここの予算はいつから潤沢になったんだ」

「その心配なら無用よ。ウィルソンにこちらの意向を伝えたら、大英博物館のコレクションになるなら、喜んで交渉に応じ、プライベート・セールに切り替えると言ってくれたの。普段からうちに寄付をしてくれているだけあって友好的よ」

「それはよかったな」

と言いつつ、彼の口調には感情がこもっていない。

「あなたはまだ分かってないのかもしれないけど、《グレート・ウェーブ》は二〇一七年の米国のオークションで、ほぼミリオンの高値がついた、版画としては破格の傑作よ！　それを展示すれば、どれほどの入場者数になると思う？　しかもそれが今回、ミュージアム価格で手に入るかもしれないってわけなんだから、ちょっとは喜んでくれてもいいんじゃないの」

タミラの熱弁にも動じず、スギモトは鼻でふんと笑う。

「そうは言っても、数字なんてただのまやかしさ。人は法外な金額に大騒ぎするが、そんなものは頭のいいペテン師がでっちあげた、単なる概念に過ぎない。肝心なのは、作品そのものだってことを忘れるな」

「ええ、言われなくても、そんなことくらい分かってるわ」とタミラは少しムキになって答える。「だからこそ、あなたに協力してほしいんじゃない？　これだけ人気のある作品だと、贋作を摑まされるリスクも高くなるから」

タミラが言うのを聞いて、晴香の脳裏を、ギリシャ専門のキュレーターだったイアンが口にした一言がよぎった。

——どうせ僕たちは、スケープゴートだから。

誤った判断や失敗をすれば、今度こそ大英博物館でのスギモトの立場が危うくなるにもかかわらず、スギモトがミセス・ベルからの依頼を引き受けたのは、マクシミランからの助言があったからだろう。

2

高級ブランドが軒を連ねるボンド・ストリートの一角で、警備服を着たドアマン二人が、簡素な扉の前に立っていた。狭い入口には派手な看板もないが、そこは名品が日々持ち込まれ、目の肥えた多くのコレクターの手に渡るオークション・ハウスである。三人は受付を済ませ、カフェを素通りして奥の会場に進んだ。

百人を収容する規模の会場では、西洋近代絵画のセールスが行なわれていた。白いグローブをはめたスタッフが、コローやミレーといったバルビゾン派の絵画を壇上につぎつぎと陳列し、会場の客たちが静かに落札していく。

大人の香水が漂ったかと思うと、声がした。

「つぎのピカソのドローイングは、今日の目玉作品でね」

ふり返ると、せわしなくスマホの画面に指を走らせている女性がいた。栗色の髪と白い肌によく合う真っ赤な口紅をつけ、サンローランらしきデザインの黒いスーツを身にまとい、十センチ弱のピンヒールを履いている。

ちなみに、この日の晴香が着ていたのは、何年も前の帰郷時にしまむらで買ったシャツだった。

「主なビッダーは、後方に座っているブラウンのスーツを着た紳士と、壇上にいるうちの金髪の女性スタッフ。紳士の予算は三十万ポンドで、女性は二十万ポンド。予想評価額（エスティメート）は十万から十二万ポンド。さて、どちらが落札するでしょう？」

彼女は澱みなく言い終えると、やっとスマホから顔を上げ、目じりに皺を寄せた。その美しさはメディアで見かけるモデルや女優のそれとは異なり、実用的美しさとでもいうべきか、賢さや気の強さに裏付けされたものに感じた。アメリカ訛りの英語で、コスモポリタンな雰囲気を漂わせている。

スギモトは軽く咳払いをして言う。

「三十センチにも満たない、一羽の鳩を描いただけの紙切れに、そんな値段がつけられるのか」

「ええ、世界一高級な鳩だもの。で、あなたの答えは？」

「予算が決まってるなら、紳士の方じゃないのかい」

「あらそう。じゃ、私は女性スタッフの方に賭けるわ」

「おいおい、賭けるなんて言ってないぞ」

「賭けないの？」

美女はチャーミングに挑発する。髪を耳にかける左手の薬指には、指輪が艶めかしく光っていた。

「賭けるとすれば、なにを？」

「そうね……負けた方は、ハイド・パークで鳩を一羽捕まえてくるっていうのはどうかしら？」

「なかなか洒落がきいてる。気に入った」

そう言って、鼻の下を伸ばしているスギモトはもはや、大英博物館の同僚二人を連れていることなど忘れ、視界に美女しか入っていないようだった。

壇上のオークショナーが作品の概要を読み上げ、最低額を告げると、いっせいに複数の札が挙がった。紳士も女性スタッフも、どちらもその様子を静観しているだけだ。優秀なビッダーは落札するために最大三回しか札を挙げないというのは本当らしい。予算のギリギリになったら行動を起こすのだろう。

　会場を見守りながら、美女は言う。

「人ってつくづく不思議よね。たしかにあなたの言う通り、ただの鳩を描いただけの紙切れに、家ひとつ買えるような金額を注ぎこんでしまうんだもの。しかもその紙切れにそれだけの価値があればいいけれど、見栄やプライド、愛憎のために、ことごとく無駄な金額を積んでしまう」

「無駄じゃないのさ、本人たちにとっては」

　スギモトが言うと、美女は白い歯を見せて笑った。

「さては、あなたにも身に憶えがあるのかしら」

「まぁね」

「つまり、ミリオンの価値がある《グレート・ウェーブ》を、博物館からのオファーを受けて寄付同然の金額でゆずってしまうことも、本人からすれば無駄じゃないって、あなたは言いたいわけよね」

　スギモトは真顔になった。

「あら、二人が参戦したわよ」と美女は視線を会場に促す。

　気がつくと、入札額は十八万ポンドまで迫り、女性スタッフが札を挙げていた。残るは紳士とあと一名の、総勢三名である。二十万の金額で紳士が札を挙げ、別の一人は首を左右にふった。オークショナーが女性スタッフに直接、語りかける。そしてそれを彼女が電話越しに、その向こうにいるビッダーに伝えている。

「つぎは二十一万ポンドです。どうされますか」

緊張の沈黙があったあと、匿名のビッダーは二十万ポンドという予算を超える決断をしたらしく、女性スタッフは電話を肩にはさみながら札を挙げた。

「二十二万ポンド、二十二万ポンド！」

すかさず紳士が札を挙げた。

「面白くなってきたわね。で、さっきの話だけど、あなたはどう思う？　私からすればそういうのって、くだらない名誉を守るための、ばかげた決断にしか見えないんだけど、そんな風に思う私が間違ってるのかしら？　それとも男の人って、合理的な判断ができない生き物なの？」

会場の様子を見守りながら淡々と言う美女に、スギモトは咳払いをして囁きかける。

「そう怒るなって」

「まさか、怒ってるわけないじゃない。だって、仕事だもの。高値がつこうと不落札だろうと、顧客のために尽くすことが、私の仕事。だからウィルソンが、今回はプライベート・セールに切り替えるってとつぜん言い出しても、笑顔で『ご英断です、閣下！』って褒めるだけ」

三十万ポンドに引き上げられても、電話越しのビッダーは札を挙げつづけ、結局、女性スタッフが三十六万ポンドで落札することになった。

「うふふ、私の勝ちよ。鳩を捕まえなくちゃね、ケント」

美女のはつらつとした笑顔に、スギモトは頬をゆるめる。

「君には負けるよ。でも本当は、こうなることを知ってたんだろ？」

「まさか。私が知っていたのは、ピカソの鳩を欲しがっているのは、電話越しにビッドをしていたコレクター本人ではなく、彼が溺愛する若い奥さんだっていうことだけ。さっきも言ったでしょ？　人は愛や見栄のために、ことごとくお金を無駄にしてしまうものだって。落札額を決めるのは、たいていそんなちっぽけな事情よ。あの電話ビッダーは普段とても冷静な人だけど、手数料を含めれば予算の二倍を支払わなくちゃいけなくなったってわけ」

なるほどね、とスギモトは肯いた。

美女はくるりと向き直り、晴香とタミラに向かって順番に手を差し出す。

「自己紹介が遅れて申し訳ありません。私はアンジェラ。このオークション・ハウスの社員で、ウィルソン議員を担当しているクライアント・リエゾンです」

やっぱりこの人だった！　晴香は握手に応じながら、きっとこの優れたセールス・ウーマンが担当する顧客たちは、彼女の虜となって、さまざまな作品を「無駄に」ビッドしてしまうのだろうと思った。

案内されたＶＩＰ用に使用されているらしい個室の窓には、ステンドグラスが嵌め込まれ、奥の壁にはラファエル前派の絵画が掛けられていた。アンジェラは重厚なテーブルについた三人に、今回セールスに出展される《グレート・ウェーブ》についての資料を配布した。

「ウィルソンから預かった情報です。あなた方が声をかけてくる前は、個人コレクターだけじゃなく、画商やディーラー、他の美術館からも問い合わせが殺到していましたが、今ではウィルソンの気持ちも固まったようです」

「金額については、すでに向こうから提示はあるんでしょうか」

タミラが不安げに訊ねる。

アンジェラはスマホをちらりと見たあと、にこりとほほ笑んだ。

「いえ、これから交渉しましょう」

タミラはほっと胸を撫で下ろしつつも、申し訳なさそうに言う。

「大英博物館が手を挙げなければ、その数十倍、いえ、数百倍の値がついたのかもしれませんね。心苦しい限りですが、お手柔らかにお願いします」

「もちろんですよ」と言って、アンジェラは真剣な表情になった。「さっきは少し冗談を言いましたが、われわれオークション・ハウスも、最近では利益を追求するだけではなく、社会奉仕や慈善事業にも積極的です。大英博物館のようなパブリックな組織への協力も、そのひとつです。だから今回のことは、全面的に支持します」

「ありがとう」

「どういたしまして」

アンジェラはつづける。「真作であれば大英博物館が購入、贋作であればうちも贋作として発表せざるを得なくなりますが、それでも購入を願い出る個人コレクターはいるでしょう。今までのところで、なにか分からないことは？」

「十分クリアだよ、ありがとう」とスギモトが答える。

「じゃあ、ここからは、あなた方の仕事」

健康的な笑顔に戻って、アンジェラはファイルを押した。それを受け取って、スギモトは言う。

「今回の鑑定をするうえで、重要な点はふたつだ。ひとつは、作品そのものの素材や顔料といった科学的な分析。もうひとつは、誰から誰の手に渡ってきて昔のカタログにどう掲載されてきたのかという作品の経歴。その両方から探っていくよ」

「あと、鳩を捕まえるのも忘れないでね」

最後にスギモトにウィンクするアンジェラを見て、彼にウィンクする癖があるのは彼女の影響なのかなと晴香は思った。

3

オークション・ハウスをあとにして、別の用事があるというタミラと別れたあと、二人はバスで大英博物館まで戻った。二階の座席に腰を下ろした晴香は、別れ際に目撃したアンジェラの見事な脚を、ぼんやりと思い出しながらスギモトに言う。

「すっかり目がハートになってましたね」

「なんの話だ？」

「元カノに対して」

「なんで知ってるんだよ」

「マクシミランさんから聞きました」

「あのおしゃべりヒヨコめ！」

スギモトは頭を抱え、そう吐き捨てた。晴香は「すみません、私から質問したんです」とフォローを入れる。

「それにしても、アンジェラさんの立場からすれば、大英博物館が安価で《グレート・ウェーブ》をさらっていくのは気に食わないんでしょうね」

「ああ、だいぶ怒ってたな」

スギモトはそう答えつつもどこか嬉しそうだ。「ところで、館に戻ったら、さっそく科学調査部に顔料鑑定を依頼しようと思う」と言う彼は、アンジェラに会う前と比べ、急にやる気を出しているのが一目瞭然である。

「顔料鑑定……プルシアン・ブルーも含めてですね」

「ああ、今回はそこが一番の決め手になるだろう」

プルシアン・ブルーは、別名「ベロ藍」もしくは「北斎ブルー」とも呼ばれる、鮮やかな青い顔料だ。鎖国中だった江戸後期に、じつは海を越えてやって来た舶来品の新しい顔料であり、《グレート・ウェーブ》にも使用された。

十八世紀にドイツ、当時のプロイセンで偶然発見され、イギリスの化学者が一般化させたプルシアン・ブルーは、西洋では、従来のラピスラズリ石を主成分とした高価なウルトラマリンなどと瞬く間に世代交代した。日本には、清（しん）を経由して大量輸出され、十八世紀後半になると、伊藤若冲の代表作である「動植綵絵」の《群魚図》に使用されている。

そんなプルシアン・ブルーは、保存科学の分野では、その見た目の美しさ以上に、重要な役割を持っている。

なぜならこの時代、わずか五十余年のあいだに、錦絵における青色の顔料は「露草」「藍」「プルシアン・ブルー」と急激な変遷を遂げたため、年代鑑定の示準化石ともいうべき手がかりになるからだ。

数日後、コンサベーション部門の紙専門の工房にて、晴香はオークション会社から届いた作品の梱包を慎重に解いた。最後の薄紙が取り払われたとき、その場にいたスギモトやタミラを含む全員が、北斎のほとばしる画力に圧倒されたのが分かった。

まず目に飛び込んでくるのは、目の覚めるような青である。画集やパソコンの画面などで見るどの青よりも鮮やかで深みがある。青と一口に言っても、そこには濃淡や明暗の豊かな段階が生まれている。

あくまで大衆芸術だった浮世絵は、コスト削減のために、必要最低限の種類の顔料のみで印刷された。《グレート・ウェーブ》も正確に言えば、青は三段階しかない。だが、北斎が手掛けたダイナミックな構図のせいか、色にまでバリエーションがあるように錯覚させるのだ。

北斎はこの波に辿り着くまでに、何十年もかけて数々の波を描いてきた。

これほどまでに雄大で、躍動的な波を実現させる道のりは、決して平坦ではなかっただろう。

画面のなかで、波濤が無数の白い飛沫をあげながら立ち上がり、江戸へと魚を運んでいる三艘の押送船を翻弄する。とくに大きく立ち上がるこの絵のランドマークともいえる中景の波は、ゴッホが「船を捕らえる爪」として引用した。

この波濤の造形は、何千分の一秒のシャッタースピードで撮影した実際の波と、まったく同じだというのは有名な話である。

さらに不安定に揺れる波とは対照的に、泰然とそびえる富士山の背後には、水平の一文字ぼかしが用いられる。それこそが遠と近、静と動の対比をもたらし、わずか四十センチにも満たない小品に、壮大な世界観を生み出すのだ。

北斎改為一筆。

そう署名を入れたとき、北斎は七十代になっていた。

この年、一文字ぼかしの美しいグラデーションを可能にする、粒子の細かなプルシアン・ブルーと出会ったことにより、後世語り継がれる世界的画家への階段を駆け上がる。それまでも小説の挿絵や北斎漫画などで名声を得ていたものの、大ブレイクをするのは七十を過ぎてからの、この《グレート・ウェーブ》を含む「冨嶽三十六景」シリーズがきっかけだった。

そのヒットの背景には、じつにさまざまな事情が重なっていた。

まず、風紀を乱すような歌舞伎の役者絵や美人画が幕府から厳しく検閲された一方で、街道の整備によって、旅行への憧れが強まり、人々は風景画をこぞって買い求めた。加えて、開国に向けての気運が高まり、プルシアン・ブルーのような新顔料が輸入されはじめた。

つまり時代がやっと北斎に追いついたのが、七十代になってからだったと言い換えることもできる。

――六歳から筆をとったが、七十歳になるまではとるにたらないもの。

北斎はそう言って、九十歳で波乱万丈な人生の幕を閉じるまで、決して慢心しなかった。

最期に遺した言葉は、その生き様を象徴する。

――天があと五年の命を与えてくれるなら、真正の画工になったのに。

＊

科学調査部では、他の部門から受け取った作品のサンプルを科学的に分析したり、作品を保存する最良の方法を見極めたり、X線を通してキャンバスの裏側や立体物の中身を覗いたり、科学機器そのものを開発したりしている。

見た目は無機質な理系の研究室と、あまり変わらない。さまざまな種類の機材がずらりと並び、壁に掲示されるのは、「WARNING」や立ち入り禁止の看板だ。ただし、書棚には美術全集や画集などが並び、作業机にはさりげなく貴重な美術品が置いてある。

「お待たせ」

まもなく研究室に現れたのは、タミラである。

「予定通り、収蔵庫から他の浮世絵を拝借してきたわ。年代順に合計十枚。もちろん、すでに所蔵している《グレート・ウェーブ》も含めて」

タミラは言って、作品をのせている台車を手で指した。コレクションを収蔵庫から動かすときは、必ずレジストラーに申請しなければならない。さらに「コレクションを運ぶ係」のスタッフが、収蔵庫から指定した場所まで届けてくれる段取りだが、今回はタミラが代わりに対応してくれたらしい。

「これが問題の一枚」

そう言って、タミラは台車の一番上にのっている梱包材を触った。

「それじゃあ、はじめるか」

「はい」

晴香はスギモトと肯き合い、さっそく作業に取りかかる。今回、紙を用いた日本美術である浮世絵は、晴香の専門分野であることから、スギモトや科学調査部の補助のもと、作品そのものの扱いは、晴香が行なってよいという許可が下りていた。

「今日用いるのは、この装置です」

その場を指揮する立場のキュレーターであるタミラに、晴香は説明する。

「この装置は、主に江戸後期から明治の錦絵の色材を同定するのに用いられます。仕組みを簡単に説明しますね」

晴香は光を発するチューブの先端を、机上のノートに当てる。

「こうやって光を対象物に当てて、その応答を測定していきます。顔料というのは、それぞれの化学組成、いわば構造を持っていて、吸収した光を各々決まったパターンで放出します。その放出のされ方を見極めるのが、この装置というわけです。装置につながれたあのモニターに、戻ってきた光の安定性が波長順にグラフになって表示されるので、その稜線の違いによって、顔料を特定できるという仕組みです」

「つまり、北斎の時代に浮世絵の青として用いられた、露草、藍、そしてプルシアン・ブルーの三青色が、科学的に判別できるということね」

晴香は肯いた。

感覚でなんとなく真贋を見極めるのではなく、科学的な調査に基づいて徐々に真相を明らかにしていく工程は、現場に残された指紋やＤＮＡから犯人を導き出していく刑事ドラマの鑑識課みたいで、晴香はいつもどきどきする。

タミラが持ってきた例の《グレート・ウェーブ》を作業台のうえに置き、細心の注意を払いながら、青い顔料が使われた波の部分に光を当てていく。機材とＵＳＢでつながれたモニターにさっそくスペクトルの線が現れた。その線はなだらかで、とくに特徴的な反射ピークは見られない。

「プルシアン・ブルーですね」

晴香はふり返り、スギモトを見た。

「そうだな。もしこれが露草や藍の場合は、それぞれ特定のポイントで急激に強い反射が見られるけれど、これはほぼ直線に近い。プルシアン・ブルーで間違いない」

タミラは手を叩いた。

「ベリー・パーフェクト！」

「おめでとうございます」

晴香もほっとして、スギモトに提案する。

「赤色や黄色のデータもとっておきましょうか」

「いや、その前に、少し気になることがある。ちょっと操作を代わってもらえないか」

「どうぞ？」

青に関してデータはとれたのにと首を傾げながら、晴香はスギモトと席を交代する。作業机に向かったスギモトは、光の出るチューブの先端を、今度ははっきりと色の残った黒い輪郭線に当てた。

この輪郭線は、主版（おもはん）と呼ばれる独立した版木で摺られたもので、肉眼では黒い色に見えるが、じつは青い顔料が用いられている。その瞬間、モニターにふたたびなだらかなスペクトル線が表示された。

「プルシアン・ブルーですね、よかった」

「いや、こりゃまずいぞ」

スギモトは顔色を変えて呟く。

「どういうこと？」

タミラが焦（じ）れたように訊ねる。

「最近の研究で、北斎の《グレート・ウェーブ》では、波の青はプルシアン・ブルーなのに対して、輪郭線の主版は藍で摺られていたことが分かってるんだよ。実際、うちにある他の版もそうなっているはずだ」

つまり同じ作品の青でも、プルシアン・ブルーと藍の二種類が用いられているはずが、プルシアン・ブルー一種類しか検出されなかった。したがってこの《グレート・ウェーブ》の真正が大きく疑われるというのだ。

タミラはよろよろと椅子に腰を下ろし、頭を抱えて言う。

「嘘でしょ、ここまで漕ぎつけたのに、贋作だって言われても！」

「贋作というより、これは明治から昭和にかけて大量に摺られた、『復刻』の一枚だな」

スギモトは冷静に結論づけた。

復刻とは、本物に限りなく近い、浮世絵作品の複製である。

浮世絵では、北斎のように絵師の名前ばかりが注目されるが、じつはその陰には、版木を彫る彫師、それを紙に摺る摺師が存在する。とくに北斎の地位を世界的にした「冨嶽三十六景」シリーズの青が生み出された背景には、北斎の指示のもとではあるが、摺師だった職人の手腕も不可欠だった。

そんな彼らの技術を受け継ぐという使命のもとにつくられたのが、復刻である。しかし人々は、職人技の賜物ともいえる復刻を、「本物」として売買することで、金儲けのために利用した。そのため、復刻は本来の目的から外れ、「贋作」の烙印を押されたのだ。

大英博物館のコレクションにも、復刻は含まれる。

当初、本物として英国人コレクターが購入したものだったが、のちの研究によって復刻だと判明した。それでも大英博物館の「一度収蔵したものは絶対に手放さない」というポリシーのために、処分されることもなく、あくまで「贋作」ではなく「復刻作品」として展示用に使用されている。

翌朝、彼らはミセス・ベルのデスクを訪ねた。例の《グレート・ウェーブ》は、主版に藍ではなく、プルシアン・ブルーが使用されており、真作としての価値は保証できないと報告するためである。

「でも復刻として十分価値のある作品です。ここまで質のいいものは、つぎにいつ現れるか分かりません」

タミラは食い下がったが、予想通りミセス・ベルは首を縦にはふらなかった。

「他にもたくさん購入検討の候補が挙がっているの。確実に北斎の手による作品ではない以上、収蔵するわけにはいかない」

「……分かりました」

タミラは肩を落とし、部屋をあとにした。

ラボに戻りながら、タミラが気の毒になった晴香は、スギモトにかけ合う。

「スギモトさん、もう一度、あの《グレート・ウェーブ》を調べてはどうでしょうか。今度は色材だけじゃなくて、紙を分析するとか」

「無駄だよ。そんなことをしても、結果は結果だ。科学は嘘をつかない」

「でもスギモトさんははじめてあれを見たとき、圧倒されませんでしたか？　私はされました。そういう印象って、やっぱり正しいんじゃないかって思うんです。だからまだ諦めるのは早いですよ」

「そうは言っても、《グレート・ウェーブ》はもうオークション会社に返却されてしまっただろ」

「いいえ、まだ間に合います。さっきハンドラーから連絡があって、前の予定が押しているから、集荷は昼過ぎになるらしくって」

「とはいえ、ギリギリじゃないか」

「お願いします！　梱包も、私がすべてやり直しますんで」

スギモトはため息を吐いたあと、「君の粘り強さには、いつも負けるよ」と肯いた。

晴香は紙のラボにて、《グレート・ウェーブ》をふたたび開梱した。浮世絵に使われた紙は、それぞれの時代、それぞれの絵師によって少しずつ異なる。極上の奉書紙から、丈夫さだけが取柄の安物までピンキリだ。晴香は、紙の漉(す)き目や肌理(きめ)を、大英博物館が所蔵している他の《グレート・ウェーブ》と、顕微鏡を使って比較する。

「どう見ても、同じなんですけどね」

顔をしかめると、スギモトは晴香の肩をぽんと叩く。

「いい加減、諦めろ。復刻をつくった職人の浮世絵愛は侮れないよ。復刻か本物かなんて、そう簡単には見分けがつかないものさ。フランク・ロイド・ライトも永井荷風(ながいかふう)も、みんなそうやって騙されたんだ」

「でも――」

となりで回転椅子を揺らして遊んでいたスギモトが、ふと動きを止めた。

「どうかしました？」

「なにかが書いてある」

「ほんとですか」

スギモトが指したのは、紙の裏面にかすかに認められる影だった。

彼は例の《グレート・ウェーブ》を別の作業机のうえに置き、光を当てながら息を詰めて観察する。

「いや、間違いない。裏打ちの紙の下に、筆跡が残ってる」

スギモトはその作品を取り上げると、X線で透かすための装置に向かった。ラボの蛍光灯を消して、暗闇のなか特殊なカメラで接写する。カメラにつないだモニターに浮かび上がったのは、かすれたサインだった。

M　Dickins

「ディキンズ？」

「フレデリック・ビクター・ディキンズ……北斎の『富嶽百景』をはじめてイギリスで出版した日本研究者の名前と同じだ」

「でも待ってください、スギモトさん。だったらMじゃなくて、FかVと書かれているはずですよね。Mってなんでしょう。MとDのあいだはやけに離れてるし」

スギモトはしばらく黙って腕組みをしていたが、ふと立ち上がって、作品の集荷が終わったあと、予定を空けておくようにと指示した。

「なにをするんです」

「大英図書館に行く」

4

秋の観光シーズンを間近に控えたロンドンの街角で、ポプラの黄色い落葉が音を立てて舞っている。モンタギュー・プレイスに面した博物館の北入口から出て、徒歩で十五分ほどのところにある大英図書館まで向かう道すがら、晴香はスギモトが発見したサインについて、改めて彼の考えを訊ねた。

「北斎をイギリスに紹介したのは、二人のイギリス人だったといわれる。一人は三千点を超える日本美術をイギリスに持ち帰った医師のウィリアム・アンダーソン。彼が持ち帰った作品のなかには、北斎の肉筆画も含まれていて、それらは大英博物館に売却され、日本館コレクションの中核を成している」

「その名前は、聞いたことがあります。もう一人は？」

「それが、フレデリック・ビクター・ディキンズだよ。『百人一首』や『方丈記』をはじめとする日本文学を最初に英訳した人物だ。日本ではあまり知られていないが、海外における日本研究の草分け的な役割を果たした」

「でも、なぜMと書かれていたんでしょう」

「確信はないが、ある仮説を立ててみた。じつはディキンズ本人のものなんじゃないかと思う理由はもうひとつあって、彼は十九世紀末にロンドンに留学した南方熊楠を、金銭的に支援した人物でもあるんだ。むしろ日本では、熊楠にゆかりのある人物としての知名度の方が高いくらいだろう」

「南方熊楠ってたしか、大英博物館で研究員をしていたんですよね。気性が荒すぎて差別的な態度をとってきた閲覧者に暴行して、立ち入り禁止になったっていう逸話があるとか？」

「ああ、でもじつは熊楠は、イギリスに来て間もない頃に資金源がなくて、日本から持ってきた浮世絵を売って生計を立てていたという記録が残っている。だったら、自分のために資金を提供してくれたディキンズに、お礼として浮世絵をゆずっていてもなんら不思議ではないはずだ」

石畳を歩きながら、晴香はやっと腑に落ちる。

「なるほど、今大英図書館に向かっているのは、サインの筆跡鑑定に必要な材料を集めるためってことですね」

「あのMは南方を意味していて、Mからディキンズに贈るという文言だったのかもしれない」

キングス・クロス駅から目と鼻の先にある大英図書館は、一億五千万点もの所蔵品を有する世界でもっとも巨大な図書館のひとつである。マグナカルタの原本、レオナルド・ダ・ヴィンチによる逆さ文字の手稿、ビートルズ直筆の楽譜なども所蔵する。

煉瓦造りの広場になった入口を通り過ぎ、手荷物検査を受けたあと、貴重書庫の受付に向かう。来意を告げると、スギモトからの事前連絡を受けて、職員がすでに閲覧席に資料を準備してくれていた。鞄を預け、ふたたび警備員のチェックを受けてから、二人は机につく。

机に置かれた保存箱には、熊楠がロンドンに残した彼の直筆原稿やノート、書簡の一部が入っていた。

晴香はひとつずつ手に取り、目を通していく。

まず、ディキンズが熊楠に宛てた手紙。ディキンズの高貴な身分を象徴するかのような、整った流麗な文字が記されていた。

一方、熊楠が書いたものは対照的である。

熊楠の書くアルファベットは、あまりにも自由だった。ブロック体もあれば、筆記体もある。色付きの挿絵や落書きに近い図も、気まぐれに、文字から枝分かれするように挿入されている。文字の大きさや丁寧さも、てんでばらばらだ。

「これで、筆跡鑑定ができるんでしょうか」

不安になって顔を上げると、スギモトは笑った。

「安心しろ、天才のメモなんてこんなものさ。きっとうちのスペシャリストが、しっかり分析してくれるだろう。それにしても、熊楠のメモはとにかく楽しそうだよな。自然をひとつの連続した現象として、まるごと捉えようとする彼の考え方がよく表れている」

スギモトは、自らの親しい友人のことを語るように言った。

たしかに、生命の躍動に満ちているというか、宇宙のような彼の脳内が、紙面に爆発しているというか。

「でも熊楠は、ロンドンに到着してまもなく、父親の訃報を受け取っているんだよ。しかも彼の母親も、その数年後に亡くなってしまう。二十代後半とまだ若かった熊楠は、慣れない異国で、きっと深い悲しみに暮れたことだろう。そんな彼に、さまざまな人が手を差し伸べた」

「そのうちの一人が、ディキンズだったわけですね」

スギモトは肯く。

「熊楠が帰国したあとも、二人は文通をつづけていた。それどころか、距離や年齢、人種の違いを超えて、さまざまな仕事に協力して当たり、成果を残していったんだ。ディキンズの日本語からの英訳はほぼすべて、熊楠が出版前に目を通したし、熊楠が結婚したときには、ディキンズからダイヤの指輪が贈られたという」

「実りのある、親密な交流だったんですね」

国際電話も、もちろんネットもない時代に、そんな関係が築かれていたとは。

晴香は彼らの手紙から、今では失われた尊さのようなものを感じた。

そしてその友情を象徴するのが、あの《グレート・ウェーブ》かもしれないのだ。

5

その夜、二人は近所のパブ〈猫とバイオリン〉に来ていた。

店内の装いも客も、選挙ムードに染まっている。あちこちのテーブルには選挙を特集した記事や、各党の宣伝をするコースターがばら撒かれ、どの政党を支持するのか、今度の選挙がどのように動くのか、客たちはジョッキを傾けながら、試合でもするように議論を交わしている。

「でも仮に、大英図書館で入手した熊楠の筆跡が、あの《グレート・ウェーブ》の筆跡と一致したとしても、よく考えれば、熊楠がディキンズに渡したのが復刻だった、っていう可能性もあるわけですよね？」

スギモトはその様子を眺めながら答える。

「たしかにあの分析結果を覆すことはできないけれど、本当に熊楠がイギリスに持ち込んだものだということが証明されれば、ミセス・ベルを説得する材料にはなるかもしれない」

晴香は肯くものの、いくつか残った謎が気になる。

「あの浮世絵が、仮に熊楠からディキンズに贈られたものだとしても、どのようにしてウィルソンの父の画廊に渡ったんでしょう」

「さぁな」

スギモトは口をへの字に曲げる。

立派な額装の裏側にステッカーやサインが多く残っている西洋絵画とは異なり、持ち主が作品の劣化を恐れて飾ることの少ない浮世絵の来歴は、大衆文化であるという前提も相まって、往々にして謎に包まれている。

さらに晴香の心の片隅には、ずっと引っかかっていることがある。スギモトの父は失踪する前、北斎のことを調べていた。今回の《グレート・ウェーブ》にはなんらかの秘密が隠されているのではないか。

やがてテーブルに、フィッシュ・アンド・チップスがふたつ運ばれてきた。

「おや、嫌いだったんじゃないのか？」

「そうだったんですけど」

「成長したんだな」とスギモトは満足げに言う。

「成長したというか、毒されたというか」

十センチほどの、狐色の分厚いコロモのついた揚げ魚と、そのうえにこれでもかと盛られたチップスに、例によって酢をじゃぶじゃぶとかけ、さらに塩を盛大にふりまく。一度美味しいと感じてしまうと、病みつきになってしまうんだなこれが。

味覚とは、慣れによる相対的な評価である——誰が言ったのかは忘れたけれど、その通りだ。やがて和食を不味いと感じる舌になったらどうしよう、と晴香はセンチメンタルな気分になる。

そのとき、パブに設置してあるテレビで選挙特番がはじまった。

周囲の客がビールを片手に集まる。キャスターがビッグベンを背景に取材をしているのはウィルソンだった。

イギリスの政治ほど、二面性や矛盾を抱えたものはない。二大政党である保守党と労働党はそれぞれ右派と左派と言われながらも、保守党には左派的な考えを持った議員が大勢いるし、逆に労働党はＥＵ残留を主張したにもかかわらず、その党首は移民排斥を支持する離脱派だった。

右と左。離脱と残留。両方につねに揺れ動きながら、どちらかに決着がつくまで徹底的に議論を重ねるのが、いわば英国式なのだろう。さまざまな見解や信条のなかに生き、オープンにそれを語り合う。

わけても保守党の新星と名高いウィルソンは、イートン校出のオックスフォード卒で親族に政治家も多く、議会でもつねに存在感を発揮している。ＳＮＳを巧みに使い、四十代半ばとまだ若いにもかかわらず、歯に衣着せぬ物言いと、揚げ足をとる巧みな冗談で相手を説き伏せる。

あまりに白熱して、議長からこう叫ばれる回数ももっとも多いらしい。

――オーダー、オーダー（静粛に）！

やがてキャスターの質問は、ウィルソンの掲げる公約から、プライベートな話題へとうつっていった。

ウィルソンは最近、ロンドン近郊の国立公園で女性と密会するうしろ姿がスクープされていた。個人主義のうえに成り立つイギリスでは、不倫は日本ほどバッシングを受けないようだが、さすがに選挙前のスキャンダルとあって、世間の注目を集めている。

人々の関心事は、とくに愛人の正体だった。

タブロイド紙はまだ、愛人が誰かについて報道していない。ネット上では同じ議員との不倫ではないかという噂もある。晴香がこのインタビューで期待したのは、そんな下世話なことの真相だったが、ＢＢＣのキャスターは不倫疑惑については、いっこうに触れようとしなかった。

「ウィルソンの愛人って、誰なんですかね」

晴香が言うと、スギモトはきっぱりと答える。

「興味なし」

ほんの一瞬、晴香の脳裏をマクシミランのことがよぎった。

「ちなみに、この国では不倫とかってどういう風に捉えられてるんです？」

「もちろん褒められはしないが、かと言って責められるわけでもないさ。恋愛なんて本質的にグレーで、泥だらけで、愚かなものだろ？　それに一途な恋愛ほど、嘘っぽちなものはないさ」

さすがモテる男は言うことが違う。でもそう言いながら、あなたはアンジェラに一途ではないですか、とは口にしなかった。

するとモニターの向こうで、キャスターが議員にこんな質問を投げかけた。

【近日、大英博物館にあなたのコレクションが寄贈されるそうですね？】

その一言と同時に、北斎の《グレート・ウェーブ》がモニターいっぱいにうつし出される。

【ええ、私も大好きな博物館ですし、楽しみにしていました。でも先日、博物館から連絡があって、あなたの作品は偽物だから、逆に要りませんと言われてしまったんです。まさか自分の審美眼が、それほど役に立たないものだとは思いませんでした……おっと、ここで笑ってほしいんだが】

ウィルソンの自虐的なジョークは、店内の笑いを誘った。

【でも結果的に、偽物が世に出なくてよかったと思っています。その意味では、大英博物館のチームにも感謝しているくらいだ】

【世に出ないということは、オークションのセールスも中止ということですか？】

【ええ。あの偽物は気に入っているので、もうしばらく僕の手元に置いておくことにします。幸い、僕は偽物でも、十分満足できるおめでたいやつなのでね】

キャスターは笑いながら、つぎの質問にうつる――。

「セールスを取りやめる？　まだ調査中なのに」

晴香はモニターに向かって叫んだ。スギモトは立ち上がり、晴香にこう指示した。

「今すぐフラットに戻って、君が持っているなかで一番いい服を着るんだ」

二人が向かったのは、オークション・ハウスに隣接するホテルのパーティ会場だった。そこでは《グレート・ウェーブ》を含めた出品作のプレビューが催され、目当ての品を物色するコレクターの他、そこに集まるセレブリティとの情報交換を目的とした人々で混雑していた。

スギモトは晴香とともに会場を訪れると、タミラに出迎えられた。

「どうしたの、いきなり連絡してきて」

「君に頼みたいことがあってね。君の両親は筋金入りの保守党支持者で、ウィルソンも日本美術好きだから、君はもともとウィルソンと面識があった。今回の北斎をゆずってほしいという交渉も、君が直接したんだったね？」

「ええ、そうだけど」

「じゃあ、大英博物館を代表して、ウィルソンを説得してほしい。まだオファーを諦めるのは早いって。あの版画には日本の著名な博物学者のサインが残されていて、価値がないと決めつけるのは間違ってる」

「その話、確証はあるの？」

「もう筆跡鑑定に回してあるから、数日中に結果が出るはずだ」

タミラは決心したように肯いた。

「分かったわ。じつは私もあの作品のことは、諦めきれてなかったの。なにかの手違いで調査結果が間違って出てしまっただけで、絶対に真作だって、心のどこかで信じつづけている自分もいて。間違いなく、大英博物館にあるべきものだわ」

「その熱意を、ウィルソンに伝えてきてほしい」

スギモトに送り出され、タミラは会場の奥にあるVIPが集められたテーブル席に進んでいった。そのなかの一人に、蝶ネクタイに黒いスーツを着ているウィルソンの姿があった。タミラは一瞬、周囲の警護員に制止されたが、ウィルソン自らが彼女を迎え入れるように手を広げた。

「期待できそうですね」

「ああ」

しばらく二人が会話する様子を見守っていたスギモトは、近寄ってきたウェイターからシャンパンを受け取ると、「ちょっと作品を見に行こう」と言った。


向かった内覧会会場には、東洋美術の名品が並んでいた。浮世絵だけでなく、ヨーロッパで根強い人気のある、鎌倉時代の仏像や甲冑(かっちゅう)の他、中国の水墨画や奇石などが照明を浴びている。

北斎の《グレート・ウェーブ》は、わけても目立つ場所に飾られていた。適切な照明と広々とした空間にあるおかげか、前回科学調査部で見たときとは別物のように、プルシアン・ブルーの青が鮮やかだ。

「悪いが、大事な用事ができたから、俺は先に行く」

とつぜんスギモトはスマホを片手にそう呟いた。

「え、どこ行くんですか」

「大英博物館だよ」

「こんな時間に？」

しかしスギモトはその質問には答えず、「タミラが戻ったら、ウィルソンの反応を聞いておいてくれ」と言って、会場をあとにした。

取り残された晴香は、仕方なく内覧会会場を見学する。《グレート・ウェーブ》の前ではひっきりなしにコレクターらしき身なりの人々がやって来て、作品の前であれこれ議論をしていた。これだけ人気があるなら、たとえ贋作と鑑定されても、今後不落札には間違ってもならないだろう。

「今回は残念だったわね」

声をかけてきたのは、黒いドレスに身を包んだ麗しきアンジェラだった。

「ケントは？」

「さっき出て行きました」

「相変わらず、忙しい人ね」

そう言いながら、アンジェラが手に持っていたスマホの画面がぱっと点灯し、五通ほどのメッセージが一気に届くのが見えた。その内容を目だけで追っているアンジェラに、晴香は言う。

「あなたも忙しそうですね」

彼女は顔を上げると、笑みを漏らした。

「今が一番大変な時期なの。世界中から人が来て、あれやこれやと世話しなくちゃいけない。昼間は電話でビッダーの代理を務めて、夜は接待にパーティ。そのあいだ、こういう風にたびたび方々から連絡が入って、やれ落札額をどうするだの、やれどの作品をビッドするだの交渉しなきゃいけないから、興奮剤がないとこの期間をまともに乗り切れない同僚もいるくらい」

「眠れなそうですね、華やかな世界に見えますが」

「そうね、でもなかにいると、華やかさなんて感じないわよ。あなたがいる場所も、そういうものじゃない？」

彼女の笑顔に影がさしたが、それはほんの一瞬のことだった。結婚もして、仕事も充実し

ていそうだけれど、彼女には彼女なりの苦労があるのかもしれない。沈黙が流れる。晴香が《グレート・ウェーブ》のことを切り出そうとしたとき、

「ちょっといいかしら？」

とアンジェラはふたたびにこやかに、晴香の着ているジャケットの襟を直しながら「いいジャケットね、よく似合う」と言った。

「ありがとうございます」

「前に会ったときのシャツも、着やすそうで素敵だったな。どこで買ったの？」

「え！　あれは……しまむらです、日本の」

「シマムーラ？　オーケー、憶えておくわ。今度東京に出張する予定があるから、楽しみに行ってみるわね」

しまむらで買い物をするアンジェラを、晴香はうまく想像できなかった。でもその場にぜひ居合わせてみたくなる。果たして彼女が今着ているドレス一着分のお値段で、あのシャツは何百枚、いや何千枚買えるのだろう。

「ところで、ケントとあの《グレート・ウェーブ》を見に来たの？　でもあれは、本物じゃなかったんでしょ」

「その件なんですが、まだ調査は終わっていないんです。それで、ウィルソン議員にもう少

し待ってほしいと交渉しに来たところで」

「残念だけど、もう遅いと思う」

「そんな……あの版画の裏側には、日本の有名な博物学者の筆跡が残っていました。筆跡鑑定の結果次第では、ただの復刻ではないことになります」

「誰の所蔵だったにせよ、贋作には違いないわけでしょう」

「捉え方の問題です」

晴香が強く反論すると、アンジェラは真顔になって晴香を見据えた。

「オークションの結果には二種類しかない。落札されるか、不落札か。選挙だってそうよね？　勝つか、負けるかよ。私たちはそういう世界で生きてるの。だから私たちにとって作品は二種類しかない。本物か、偽物かってこと。せっかく大英博物館に貢献できると思ったのに、残念ではあるけどね」

その瞬間、アンジェラが今回の真贋鑑定を裏で操作したのではないか、という疑念が浮かんだ。しかしもちろん証明する手段はない。そもそも大英博物館で行なわれた鑑定に、アンジェラは一切関与しなかった。

でも万が一、アンジェラがウィルソンをそそのかすなどして、この件に一枚嚙んでいたとすれば？　晴香の脳裏を、ウィルソンの不倫疑惑がよぎる。これほど素敵な女性が、若手政治家の愛人だとしたら――なんて魅惑的な構図だろう！

「ひょっとして、私のこと疑ってる？」

「いえ」と晴香は慌てて首を左右にふる。

「冷静に考えて、私がいつどこで、こんなことを仕組むことができたと思う？　合理性に欠けるまったくの邪推ね」

そう言って、アンジェラはちらっと視線を会場にやったあと、笑顔に戻った。

「でもあなたのことは嫌いじゃないわ。生意気だけど、すぐ顔に出るかわいいところがあるしね。だからひとつだけ、いいことを教えてあげる。骨董店の顧客情報をもう一度洗いなさい」

晴香は意表を突かれる。

「ミスター・スギモト――失踪したケントのお父さんのこと。ずいぶん前だけど、椙元氏から北斎について、私にも連絡があったの。とある日本人がその版画を探しているんだけど、なにか知らないかって。じつは以前に、私からそのことをケントに電話で伝えようとしたんだけど、結婚した私に気を遣ったのか、生憎、電話に出てもらえなかったのよね。その日本人の連絡先を探してみたらどうかって、私の代わりに、ケントに伝えてもらえないかしら？」

はじめて〈猫とバイオリン〉に飲みに行ったとき、スギモトのスマホに表示されていたアンジェラからの着信――あれはそういう意味だったのだ。

顧客らしきコレクターに話しかけられ、アンジェラはその場を外した。

晴香は急いでフラットに戻り、スギモトが以前に持ち帰ってきた段ボールを出して、ファイルを一冊ずつ丁寧に確認した。日本人の名前とメールアドレスが走り書きされたメモを見つけたのは、時計の針が深夜を回ってからだった。

やがて帰ってきたスギモトに、アンジェラから聞いた事情を説明した。

「この連絡先、見てください」

「タカミザワ……分からないが、あとでメールしてみよう」

6

倫敦堂に残されていたメモに書かれたタカミザワという男性と、スギモトはスカイプで通話することになった。画面の向こうに現れたのは、大柄で声の大きな、エネルギッシュな印象を与える初老の男性だった。

「高見沢です」

「とつぜん申し訳ありません。本来なら、僕が日本までお伺いすべきでしょうが、急を要するもので」

「大丈夫ですよ、椙元さんともこうやってスカイプでやりとりさせてもらっていましたから。最初は孫に設定を頼みましたが、慣れれば簡単ですね。それにしても、椙元さんとは数ヶ月前から連絡がとれなくなって、心配していたところだったんです」

「じつは父は今、行方が分からなくなっていまして」

スギモトが告げると、高見沢は「え？」と声をさらに大きくした。

「お伺いしたいのは、父になにを依頼なさっていたのかということです。父は失踪する直前、北斎の《グレート・ウェーブ》について調べていたようで、ファイルにあなたのメールアドレスが残っていました」

「なるほど……分かりました」と高見沢は神妙な面持ちで肯いた。「僕が椙元さんにお願いしたのは、まさにその作品を探してほしいということだったんです」

高見沢は「少し長い話になりますが」と前置きをして、自らの経歴を語りはじめた。

大手銀行に勤務していた高見沢は、行動力と物怖じしない性格が認められ、金融債の営業販売で頭角を現し、二十代後半でロンドン支局に栄誉ある配属となった。しかし英語が苦手だった高見沢は、語学学校に通う代わりに、パブで現地の人が使う英語を勉強することを決める。英語は思った以上には上達しなかったが、酒を酌み交わすことで、新しい道に踏み出すきっかけを得た。

パブで仲良くなった金融街のイギリス人やドイツ人から教わったのは、美術品収集という未知の世界だった。彼らはこれから美術市場が成長すると太鼓判を押した。七〇年代当時、美術品に投資するなど、ドブに金を捨てるのと同じ行為として見做された。しかし高見沢は彼らの助言に従い、美術の勉強をするようになる。

「そんなとき、ロンドン市内の老舗画廊で、北斎の《グレート・ウェーブ》を見つけたんです。さすがに僕も驚きました。イギリスでもあちこちで目にするアイコンですからね。まさか本物じゃないだろうと思いましたが、画商に訊いてみると、なかなか信憑性の高い話をされたんです」

「以前の持ち主の話ですね」

「ええ」

「ディキンズという日本研究者ではないでしょうか」

意外そうな顔で、高見沢は「その通りです」と肯いた。

「その日本研究者にとっては、生涯大切にしていた作品だったそうですが、晩年に第一次世界大戦が起こって世の中が混乱するなか生活が困窮し、やむを得ず手放さざるを得なくなったという話でした」

本人は海外のものばかり褒めそやして輸入するくせに、自国の文化をさほど大切にしていなかった」

「だからこそ《グレート・ウェーブ》を購入なさったわけですね」

「はい、里帰りさせてやりたくなったんです。そして最近、強欲な英国人に騙され、諦めたその夢を、死ぬ前に叶えることはできないかと考えるようになりました。銀行時代のツテを頼り、椙元さんに連絡をしました。でも失踪なさったなんて、余計なことをお願いしてしまったのかもしれません……もう諦めるべきですね」

するとスギモトは口角を上げた。

「いえ、諦めるのはまだ早いですよ、高見沢さん」

7

大英博物館の地下階（ロウワー・フロア）には、内覧会のパーティのための広間や、展覧会の内容に合わせたレクチャー用の階段状ホールがある。その日ホールでは特別に、ウィルソンを招いたイベントが行なわれていた。

イギリスでは、街宣車や顔写真のポスターはほとんど見かけない代わりに、候補者たちは学校や公共施設を回り、自らの公約を演説する。大英博物館でも一般市民を招き、議員たちのイベントにホールを貸し出すことがある。

重たいドアを開けると、ステージ上に照明を浴びたウィルソンが立っていた。

客席は満席に近く、多くの支援者たちがウィルソンに熱心な視線を向けている。スギモトと晴香はいったん会場を出て、関係者用の通路を通ってステージ脇に移動した。そこでモニター越しに、ウィルソンの演説を見守っていたのはタミラだった。

「あなたが来るとは思わなかった」

タミラは目を丸くして言う。

「そうかい？」

「だって、選挙活動には興味がなさそうじゃない」

「選挙には興味はないが、君に話があってね」

「なによ、改まって」

「《グレート・ウェーブ》の件だよ」

「まだあの作品にこだわってるの？　私だってあれが真作だったら、世の中にとっても素晴らしいなって思ったわよ。でも科学調査部の分析結果で復刻と結論づけたのは、あなたでしょう」

だろう。

「科学調査部で鑑定を行なったとき、作品をすり替えることができたのは、レジストラーの他に、君しかいない」

依然としてウィルソンが客席を沸かせているレクチャーホールで、タミラは額に汗を滲ませ、黙り込んでいたが、深呼吸をしてこう呟く。

「でも私には、そんなことをする理由がないでしょう」

「おや、言ってしまっていいのかな、今この場所で？」

そう言って、スギモトは壇上にいるウィルソンに視線をやった。

「君は彼の愛人だね」

タミラは口ごもり、視線をさまよわせる。

「じつはあの夜、内覧会会場で君たちのツーショットを確認させてもらったが、君はあまりにも不用心だった。俺は読唇術を身につけているって、先日教えてやったばかりなのに」

「ひょっとして、私を嵌めたわけ？」

青ざめるタミラをよそに、会場でどっと笑いが起こった。

演説が終了したあと、行列をつくる参加者の質問や挨拶に応えていたウィルソンが、タミラやスギモトの姿を認めると、早々に彼らへの対応を切り上げて、軽く手を挙げて近づいてきた。だが、タミラの表情を見て歩みを止める。

「タミラから聞きましたよ。われわれが鑑定した《グレート・ウェーブ》は、あなたが彼女にすり替えるように指示した復刻、つまりフェイクだったと」

ウィルソンは不愉快そうに辺りを見回したあと、スタッフの一人に参加者を早く帰らせるように指示した。

「議員、あなたは最近金に困っていたのでしょう？　だからあの《グレート・ウェーブ》をオークションに出して、ひと儲けするつもりだった。でも予想外にも、予算が少ないはずの大英博物館が、購入を検討しているという情報をタミラから聞いた。選挙戦を前にして、その申し出を断るわけにはいかない。大英博物館には寄付をしているし、文化芸術を愛する教養人としての、有権者からのイメージを崩すことになりますからね。そこで愛人であるタミラに相談し、今回の計画を思いついた。あの作品が偽物だと鑑定されれば、大英博物館に寄贈する義務もなくなるし、国民から吝嗇家だと思われることもない」

ウィルソンはふっと笑い、ホールの高い天井を仰いだ。

「君はあれを大英博物館に寄贈するように、と私を脅しにきたわけか？」

誰もいなくなった会場で、彼の声はよく響いた。

「脅すなんて、物騒なことはしませんよ」とスギモトも笑みを漏らした。「ただ、ひとつだけ条件を提示しにきただけです。あなたも今このタイミングで、このくだらない誤魔化しを世間に暴露されたくはないでしょう。条件を呑んでもらえれば、私も喜んで黙っておきますよ」

「条件？　生意気な」

ウィルソンは棘のある笑い声を上げた。

「君のようなきれいごとばかり並べてリスクを負わない修復士に、身銭を切って文化芸術を守ろうとしている私の考えなど、分かるわけがないさ。もちろん大英博物館の上層部は、君のご立派な忠誠心を評価するだろう。しかし一度冷静になって、自分の頭で考えてみたらどうだ？　コレクションを持て余した今の博物館に、どんな存在意義がある？　純粋に作品のためを考えれば、展示されて劣化を免れない博物館よりも、作品の扱いに慣れた資産ある個人コレクターの手に渡った方が幸せだよ。いまや、ネット上で誰でも簡単に見られるしね」

「それは違います、議員。芸術品は実物でなければ、本当の素晴らしさは分かりません。どの作品も、世界にその一点しかないという事実が、そうさせます。だから博物館や美術館は、人々が実物と出会える場をつくるんです」

真剣な面持ちで、スギモトはつづける。

「個人が仕舞い込めば、劣化のスピードを遅らせることはできるでしょう。でもすべての芸術品は、どこにどんな状態で保管されていても例外なく、時間を止めない限り、朽ち果てる運命にある。だからこそ修復されるべきで、そのために私のような修復士が存在するんです……ただし忠誠心なんてありませんけどね」

彼は片目をつむった。

8

「それで、詳しく説明してもらえるかしら？」

数日後、セールスが終了した夜、スギモトと晴香はミセス・ベルから会議室に呼び出されていた。

「単純な話です。今回の《グレート・ウェーブ》を、大英博物館のコレクションにすることはできませんでした」

「でもあなたの話が本当なら、《グレート・ウェーブ》は真作だったわけでしょう？　もしあなたが、その本来の持ち主である高見沢氏と作品を引き合わせなければ、あれは大英博物館のコレクションになった。違う？」

「仮定の話はしたくありませんね」

ミセス・ベルは頭を抱えた。

スギモトがウィルソンに出した条件は、意外なものだった。

《グレート・ウェーブ》を大英博物館に所蔵させるのかと思いきや、昔騙されてそれを入手できなかった高見沢に、驚くほど安い値段でゆずらせたのである。作品を迎えるため、わざわざロンドンにやって来た高見沢は、何十年ぶりの再会に涙したという。

――この作品をまた目にすることを、ずっと待ちわびていました。まさか相元さんのご子息が叶えてくれるなんて。

高見沢は言い、スギモトに深く頭を下げた。

輸送や税金に関する煩雑な手続きは、なんとアンジェラが積極的に協力してくれた。スギモトの行動に一番驚かされていたのも、アンジェラのようだった。アンジェラはその件で電話をかけた晴香から、スギモトがタミラの嘘をどうやって見抜いたのかを知ると、大笑いしていた。

――ケントがどうして読唇術を身につけているか、知ってる？

アンジェラはいかにも楽しそうに訊ねた。

晴香はノーと答えた。

――ケントは子どもの頃、友だちがいなかったから、他人がおしゃべりする様子をずっと観察していたらしいの。それで、遠くにいても誰がなんの話で盛り上がってるのか、分かるようになっちゃったんだって。あの男、カッコつけだけど、根はかわいいでしょ。あなたも助手をつづけるつもりなら、彼のかわいいところを伸ばしてあげてね。

あっけらかんとしたアンジェラの物言いに、晴香はどうしてスギモトがアンジェラに今でも惹かれているのか、本当の理由が分かった気がした。それにしても、どうして二人は別れてしまったのだろう。

ミセス・ベルが立ち上がり、晴香はわれに返る。ミセス・ベルは何度目か分からないため息を吐きながら、窓辺に寄った。

「責任はとりますよ」

「簡単に言わないで」

ミセス・ベルが憤りの声を上げると、スギモトは一通の封筒をすっとテーブルのうえに置いた。辞表だった。その場の空気が張りつめる。晴香は事前に聞いていたが、本当にこれでいいのだろうか、とスギモトの横顔を見てしまう。ミセス・ベルもその封筒とスギモトを見比べるばかりで、いっこうに手に取ろうとはしない。

「ウィルソンもこのまま黙ってはいないでしょう。今まであなたが上層部とのあいだに挟ま博物館の真下にあった旧ブリティッシュ・ミュージアム駅には、戦時中に館のコレクションをナチスの破壊から守るために保管していたという史実がある。そしてそのプロジェクトのことを、人々はある暗号で呼んでいた。それが『セクレタム』だ」

「骨董店に残されていたのと同じ！」

「ああ、父がウロボロスの図像とともに、ヴィジュネル暗号で残したメッセージだよ。今まで『セクレタム』とは、禁断のコレクションのことだと思い込んでいたけれど、本当は全然違ったというわけさ。幽霊駅という答えなら、父がエジンバラのクロウスに残した、ふたつ目の暗号の答え『駅』ともつながる」

「まさしく灯台下暗しですね、大英博物館の真下に答えがあったなんて」

9

大英博物館には、最寄り駅が四つある。いずれもチューブの駅で、もっとも多くの路線が乗り入れるトッテナム・コートロード駅をはじめ、そこから時計回りに、グージ・ストリート駅、ラッセル・スクエア駅、ホルボーン駅が取り囲む。それらとは別に、今では存在すら忘れられている館の直通駅は、それら四つの駅のど真ん中に位置したという。

「でも封鎖された駅なのに、どうやって入るんです？」

「大丈夫。どんな穴や地下でも、必ず地上とつながる入口があるものさ」

街では、長い夜がはじまろうとしていた。小雨も冷たく、夏は完全に過ぎ去ったようだ。

二人は大通りを渡り、暗く人気のない脇道へと曲がって、さらに狭い路地に入った。

「こんなところにチューブの出口が？」

「いや、唯一残された避難通路があるんだ」

排気口から蒸気が吐き出される壁には、グラフィティやいかがわしい広告も目立つ。

「ここだ」

スギモトは立ち止まり、目の前の古い扉を蹴破った。するとその奥に、地下へとつづく螺旋階段が現れた。

「なぜこんな場所を？」

「地下恐怖症になる前、ロンドンの地下には、エジンバラと同じくさまざまな遺物が眠っていると聞いて、地下道を隅々まで調べたことがあったんだ。ローマ時代の街道から、郵便鉄道の線路まで、すべての地図はここにある」

彼は得意げに、人差し指をこめかみに当てた。

しかし知識を披露するばかりで、いっこうに地下に進もうとしない。

エピローグ

日照時間がいよいよ短くなり、クリスマスの雰囲気が街に漂いはじめた頃、スギモトと晴香はベイカー・ストリートのフラットの模様替えに励んでいた。スギモトは大英博物館にいまだに顔パスで出入りしているが、修復士として個人事務所を立ち上げる運びとなった。

足の踏み場もないフラットで、晴香はカレンダーに今後の予定を書き込む。

「しばらくは修復士というより、なんでも屋ですね」

予定を整理すると、小さな仕事が目白押しだった。イアンが勤める私立美術館の収蔵品選定の手伝い、ダグラス卿が有するコレクションの真贋鑑定、古い友人だという考古学者からの遺跡発掘同行の誘いなど、その内容は多岐にわたる。

「しばらくじゃなくて、ずっとかもな。さてと、俺はジョンと競馬場にでも行こうかな。あとはよろしく頼んだ」

「あのヒッピーと仲良しになるのはいいですけど、今逃げられちゃ困ります。メールだって溜まってるんですから」

「そのために君を雇ったんだろ」

「それはそうですけど」

スギモトから誘われ、晴香も同じタイミングで大英博物館を辞めた。正気じゃないと周囲のあちこちから言われた。たしかにこんな男の言うことを信じるなんて、正気じゃないと自分でも思う。

「それにしても、こんなに忙しくなるんだったら、もう少しエジンバラに滞在してればよかったのに」と晴香はパソコンに向かいながら言う。

コインのなかに入っていたのは、エジンバラ郊外にある小さな個人病院の名が書かれたメモだった。そのメモに従い、スギモトは病院を訪ねた。するとその病院の一室に彼の父親がいたらしい。

相元氏は急性骨髄性白血病だった。半年前、余命が短いことを告げられ、自らの気持ちに整理をつけるため、仕事をいったんストップさせて一人静かに入院することに決めたのだという。その際、長年すれ違っていた息子に、小さい頃から好きだった謎解きゲームを仕掛けることで、その関係を修復しようと試みたんじゃないか、というのが晴香の勝手な想像である。

しかし当初は数泊する予定だったのに、スギモトはほぼ日帰りで戻ってきてしまった。どうだったのかと訊ねると、「どうもこうもない。あんなに心配して会いに行ってやったのに、親父のやつ、手術が成功したらしくて、ぴんぴんしてやがった。頭にきていろいろと嫌味を浴びせてやったら、案の定大喧嘩になって、病院から追い出された。親父に会うとついキレがちになるんだ」と返ってきた。いずれにせよ、親子関係は少しずつ修復に向かっているらしくひと安心である。

「素直に俺を頼ればよかったんだ」

「むしろ息子に心配をかけたくなくて、隠してたんでしょう？」

「どうだかな」とスギモトは鼻で笑う。「今回連絡してきたのは、つぎになにかあったときに助けを求めるためだろ」

「またそんな、思春期の男子みたいなこと言って」

そのとき呼び鈴が鳴って、晴香は席を立った。階段を下りて入口のドアを開けると、ベイカー・ストリートに立っていたのは、マクシミランだった。晴香を見るなり、「久しぶりだね、元気だった？」とほほ笑む。

「エジンバラではお世話になりました」

「ケントはいる？」

「もちろんです、もう大英博物館を辞めちゃったので」

二階のソファで寝そべっていたスギモトは、マクシミランを見るなり飛び起きた。

「また来たのか、お前」

「これからは、いくらでも来るつもりでいるよ。それにしても、無職になってずいぶんと暇そうだな」

「暇なのはそっちだろ？」

マクシミランはそれを無視して、部屋にある骨董品を検分する。

「元気そうな姿が見られて嬉しいが、今日はおしゃべりしに来たんじゃないんだ。先日エジンバラでも相談したことについて検討してくれたか？　大英博物館を辞してめでたく無職になったんだから、引き受けやすくもなっただろう」

「なんの話だ？」

「贋作づくりだよ」

晴香は驚いて、マクシミランの方を見て訊ねる。

「贋作って、どういうことですか」

「おっと、詳細を話すのは、ケントが引き受けると約束してからだ。ケントだって興味を持っているんだろ？　今までのクリーンで退屈な世界じゃなくて、こっちのダークな世界にな。

幻冬舎文庫

●好評既刊
逃げるな新人外科医　泣くな研修医2
中山祐次郎

「俺、こんなに下手なのにメスを握っている。命を託されている」――重圧につぶされそうになりながら、ガムシャラに命と向き合う新人外科医の成長を、現役外科医がリアルに描くシリーズ第二弾。

●好評既刊
ぼくときみの半径にだけ届く魔法
七月隆文

若手カメラマンの仁は、難病で家から出られない少女・陽を偶然撮影する。「外の写真を撮ってきて頂けませんか？」という陽の依頼を受けた仁。運命の出会いが、ふたりの人生を変えてゆく。

●好評既刊
捌き屋　伸るか反るか
浜田文人

鶴谷康の新たな捌きは大阪夢洲の開発事業を巡るトラブル処理。万博会場に決まり、カジノ誘致も噂される夢洲は宝の山。いつしか鶴谷も苛烈な利権争いに巻き込まれていた……。白熱の最新刊！

●好評既刊
捌き屋　行って来い
浜田文人

大阪での仕事を完遂して僅か二週間、鶴谷のもとへ盟友の白岩が新たな仕事を持ち込んだ。恩人の窮地を救う捌きだったが、そこには巧妙に練られた鶴谷への復讐劇が隠されていた……。

●好評既刊
たゆたえども沈まず
原田マハ

19世紀後半、パリ。画商・林忠正は助手の重吉と共に浮世絵を売り込んでいた。野心溢れる彼らの前に現れたのは日本に憧れるゴッホと、弟のテオ。その奇跡の出会いが〝世界を変える一枚〟を生んだ。

幻冬舎文庫

●好評既刊
生きていくあなたへ 105歳 どうしても遺したかった言葉
日野原重明

たくさんの死をみとってきて感じるのは、死とは終わりではなく「新しい始まり」だということです。105歳の医師、日野原重明氏が自身の死の直前まで語った渾身最期のメッセージ。

●好評既刊
ご用命とあらば、ゆりかごからお墓まで 万両百貨店外商部奇譚
真梨幸子

万両百貨店外商部。お客様のご用命とあらば何でもします……たとえそれが殺人でも？　地下食料品売り場から屋上ペット売り場まで。ここは、私利私欲の百貨店。欲あるところに極上イヤミスあり。

●好評既刊
いま君に伝えたいお金の話
村上世彰

お金は汚いものじゃなく、人を幸せにする道具。好きなことをして生きる。困っている人を助けて社会を良くする。そのためにお金をどう稼いで使って増やしたらいい？　プロ中のプロが教えます。

●好評既刊
すべての男は消耗品である。最終巻
村上　龍

34年間にわたって送られたエッセイの最終巻。現代日本への同調は一切ない。この「最終巻」は、澄んだ湖のように静謐である。だが、内部にはどう猛な生きものが生息している。

●好評既刊
遺書　東京五輪への覚悟
森　喜朗

「東京五輪を成功に導けるなら、いくらでもこの身が犠牲になっていい」。再発したガンと闘いながら奮闘する元総理が目の当たりにした驚愕の真実。初めて明かされる政治家、森喜朗の明鏡止水。

コンサバター

大英博物館の天才修復士

一色さゆり

令和2年6月15日　初版発行
令和4年11月25日　3版発行

発行人——石原正康
編集人——高部真人
発行所——株式会社幻冬舎
〒151-0051東京都渋谷区千駄ヶ谷4-9-7
電話　03(5411)6222(営業)
　　　03(5411)6211(編集)
公式HP　https://www.gentosha.co.jp/

印刷・製本—中央精版印刷株式会社
装丁者——高橋雅之

幻冬舎文庫

ISBN978-4-344-42987-1　C0193　い-64-1

この本に関するご意見・ご感想は、下記アンケートフォームからお寄せください。
https://www.gentosha.co.jp/e/